大学者为小读者写书
让阅读更精深更精彩

阅读鲁迅

走近中学语文课本里的作家

田刚◎著

南京大学出版社

《走近中学语文课本里的作家》
丛书编委会

与智者行　必得智慧

代前言

一部传记就是一部灵魂史，它记录了传主的生活历程和生命轨迹。在我国几千年的浩瀚历史长河中，孕育了许多不同类型的伟大人物，他们推动着历史向前发展。特别是那些名垂史册的文学家，他们的文字演化为民族的珍贵财富，而他们的生命体验、思想情怀和人格魅力，总能让我们深受感染，引发我们的情感共鸣和无尽思索。

我们提倡青少年读文学家传记，是因为惟其如此，我们才有可能更好地理解作品、欣赏作品。“知人论世”是中国古代文论的一种观念，是中国传统的文学批评的原则和方法。出自《孟子·万章下》：“颂其诗，读其书，不知其人，可乎？是以论其世也，是尚友也。”这句话的意思是，要理解作品，一定要对作者和作者所处的时代有所了解，这样才能与古人为友。孟子认为，文学作品和作家本人的生活经历、思想历程以及时代背景有着极为密切的关系，因此只有知其人、论其世，才能比较客观地把握文学作品的思想内容，感受作品的深刻意蕴。这种鉴赏作品的观念对后代的文学鉴赏产生了深远的影响。清代章学诚在《文史通义·文德》中说："不知古人之世，不可妄论古人之辞也。知其世矣，不知古人之身处，亦不可以遽论其文也。"意思是说，不知道古人所处的时代，不可以妄加评论古人的文章；不知道古人身处的环境，也不可以仓促地评论古人的文章。知人论世，就是指我们阅读作品，需要了解作家所处的时代背景、生活环境，了解作家在经历重大事件时所联系密切的人物，了解作家的思想性格、心路历程。

比如，我们欣赏苏轼的名作《念奴娇·赤壁怀古》，对于全词最后一句"人生如梦，一尊还酹江月"如何理解？这个问题，仅仅阅读词作，是无法找到一个合理的解释的。也许苏轼比较达观，善于自我宽慰；也许苏轼愤懑消沉，只好寄情山水。如果我们了解苏轼的生平经历，了解苏轼创作这首词的时代背景，我们就容易理解这句话所蕴涵的人生感喟。《念奴娇·赤壁怀古》是苏轼因"乌台诗案"而被贬黄州时游赤壁所作，当时作者47岁，自觉青春已逝功名未就，于是就借三国英雄周瑜的年少得意和丰功伟绩来感叹自身的失意，抒写了胸中的怨愤。所以词作最后一句，诗人以酒祭奠江月反映理想与现实的矛盾，是诗人仕途坎坷、壮志难酬的悲愤感慨和精神苦闷的诗意表达。但同时在自慰自解中，也激荡着一腔追慕豪杰、渴望建功立业的豪迈之情。

读优秀的文学家传记的同时，我们也是在学习写作。学习传记作者“文真事核”的研究精神，学习传记作者“不虚美，不隐恶”的写作态度，学习传记作者选材剪裁的文法结构，学习传记作者刻画人物形象的生动技法，学习传记作者议论记事“寓褒贬于记述之中”的独特功夫。

潜心读一部好的文学家传记就如同与文学家进行一次心灵对话和思想交锋。优秀的文学家传记作品具有无可替代的审美意义和教育价值，处于人生观、世界观形成阶段的青少年应该读一读文学家传记。阅读文学家传记，我们可以回溯他们的生命历程，走进他们的情感世界，我们可以在与文学家的真情对话中体味人生真谛，提升自我的思想境界，从而引导我们对人生、对历史做出更广阔更深刻的思考。

从阅读规律上看，青少年对于小说等虚构类文学的兴趣会比较浓厚，随着成长，阅读兴趣将转向传记等非虚构作品，在青少年的精神断奶期，恰恰需要传记作品的那种直面苦难的精神和闪烁哲理的思辨。从这个角度来说，传记作品是青少年的精神钙片，能够阅读传记、喜欢阅读传记可以视做青少年思想成长趋于成熟的标志。

我们这套“走进中学语文课本里的作家”丛书，倾注了一大批著名教授专家的心血。每一位作者，都是活跃在当前学术论坛的领军人物。他们能俯下身子给我们青少年写书，实在是青少年之幸、国家之幸。

布鲁克说：“能与现代人同行是好的，若能与过去有智慧的伟人同行也是有益的，这能使我们不受短暂生命的影响，只看生命中失意、绝望的地方。使我们走在人生路径上，有前例可循，也使我们不断地学习谦卑，不断得到启发。”希望青少年读者珍惜大学者的馈赠，能够自主阅读、喜爱阅读、真诚阅读、智慧阅读，发掘伟大文学家以及传记作者留给我们的无限宝藏。

编　者

2011年6月

鲁迅像

鲁迅、许广平夫妇与周海婴

目录

走近鲁迅

作品赏析

名家视角

鲁迅简谱

走近鲁迅

一、少年鲁迅

1. 童年

19 世纪下半叶，记载着中华民族的耻辱和失败。1840 年，鸦片战争失败，签订《南京条约》；1850 年到 1864 年，太平天国起义；1857 年，英法联军攻占广州，1860 年，英法联军攻入北京，焚烧圆明园；1883 年，中法战争；1895 年，甲午战败，洋务运动宣告失败；1898 年，戊戌变法。

鲁迅就出生在这样一个内忧外患、风雨飘摇的年代。清光绪七年辛巳八月初三，公元 1881 年 9 月 25 日，鲁迅出生于浙江省绍兴府会稽县东昌坊口新台门周家。

周家是绍兴的大族，以前居住在覆

盆桥，分为致、中、和三房，致房的大部分后来移住在新台门，又分为智、仁、勇三房，其中的智房再分为兴、立、诚三房。鲁迅是属于兴房的。

周家也是书香门第，鲁迅的祖父周福清，1867 年中举人，1871 年中进士，钦点翰林院庶吉士，1874 年外放，任江西金溪县知县。1879 年捐升内阁中书，是正七品京官。

鲁迅的父亲周伯宜，原名周凤仪，后改名用吉，字伯宜，只中过秀才。

鲁迅的母亲鲁瑞，会稽东北乡安桥头人，其父鲁西曾中过举人，做过户部主事。鲁迅在自传里说他的母亲“以自修得到能够看书的学力”。

鲁迅出生后，家里给周福清写信报喜，并请他为长孙取名，周作人曾回忆说，接到家信的时候，正好有一个张姓翰林来访，便为长孙的小名定为“阿张”，后改“张”为“樟”，取名“樟寿”，号“豫山”。上学后，因“豫山”读音和“雨伞”相近，受到同学的取笑，鲁迅不喜，改为“豫才”。

当地的风俗颇为不同——担心孩子不好养，为了消灾避邪，要拜和尚为师。鲁迅是家里的长子，在不满周岁的时候，便到长庆寺拜了一个和尚为师。因此，也有了一个法号“长庚”。

童年时，家里雇了一个保姆阿长带他，日常生活都由保姆照顾。鲁迅叫她“长妈妈”。鲁迅在一个远房叔祖家里看到了一部绘图本的《山海经》，他非常喜欢，不识字的阿长却给他买来了，这让鲁迅特别高兴。后来鲁迅在《阿长与〈山海经〉》一文中深情地说：“仁厚黑暗的地母呵，愿在你怀里永安她的魂灵！”时常给鲁迅讲故事的还有鲁迅的祖母。鲁迅父亲的生母是孙老太太，她很早就去世了，给鲁迅讲故事的是继祖母蒋老太太。白蛇和许仙的故事就是从祖母那里知道的，从那时起，到写《论雷峰塔的倒掉》，鲁迅的同情完全在白蛇一边。

2. 从百草园到三味书屋

1888 年，鲁迅 7 岁，到了上学的年龄。给他开蒙的是叔祖父周兆蓝，鲁迅就是在他家里看到绘图本的《山海经》的。周兆蓝是个秀才，在《阿长与〈山海经〉》中，鲁迅写道：

> 他是一个胖胖，和蔼的老人，爱种一点花木，如珠兰、茉莉之类，还有极其少见的，据说从北边

带回去的马缨花……这老人是个寂寞者，因为无人可谈，就很爱和孩子们往来，有时简直称我们为“小友”。在我们聚族而居的宅子里，只有他书多，而且特别。制艺和试贴诗，自然也是有的；但我却只在他的书斋里，看见过陆玑的《毛诗草木鸟兽虫鱼疏》，还有许多名目很生的书籍。我那时最爱看的是《花镜》，上面有许多图。

鲁迅在书塾里读的第一本书是《鉴略》。上课的时候，桌上除了这一本书和习字的描红格之外，就再没有别的书。那时的鲁迅只对图画有兴趣，下学后，就把家里的书翻来翻去，只找图画看。祖父周福清虽然是翰林院庶吉士，却不反对孩子读课本外的书。因此，少年时代的鲁迅，可以在家里读《西游记》、《水浒传》这些小说，还可以冠冕堂皇地看《文昌帝君阴骘文图说》和《玉历钞传》等书。

对于读书，鲁迅一直都很认真，他曾经读过的《花镜》一直保存到现在，上面还有鲁迅做的批注。如《花镜》上说映山红“须以本山土壅始活”。鲁迅在批注里说，这种花“性喜燥，不宜多浇，即不以本山土栽亦活”。想来，这是鲁迅自己种植的经验了。

鲁迅还得到一位长辈送给他的书——《二十四孝图》。刚开始的时候，鲁迅很喜欢这本书，因为书里有很多的图画，还画有鬼的形象。但是高兴之后，就是失望了。在后来写的《二十四孝图》一文中，鲁迅写道："我请人讲完了这书上的 24 个故事之后，才知道'孝'有如此之难，对于先前痴心妄想，想做孝子的计划，完全绝望了。"对于书上的故事也充满了怀疑，如看到"王祥卧冰"和"郭巨埋儿"的故事就很觉得没有这样巧合的事。并且想，假如父亲也要学郭巨，那么埋的岂不正是我吗？对于这些，鲁迅觉得很可怕，很厌恶。

除了讨厌《二十四孝图》这样的书，还让鲁迅感到不快的就是背书了。大约是鲁迅刚上学的时候吧，鲁迅的小姑母来接他们去东关看五猖会，那是全县里最盛的会，鲁迅兴奋极了。东关离县城大约六十多里水路，大家很早就起来了。前一天预定好的三道明瓦窗的大船，也已经停在外面了，那些吃的、坐的也都搬到船上了。这时候，父亲忽然出现在身后，慢慢地说："去拿你的书来。"这"书"就是《鉴略》，父亲教他一句一句地读下去，大约读了二三十行，然后让他背熟，背熟了才能去看五猖会。母亲、小姑、长妈妈都静静地等着，直到鲁迅背会。虽然可以去看五猖会了，却没有了先前的高兴和激动。

周家老屋的后面，有一个百草园。园子里有碧绿的菜畦，高大的皂荚树，紫红的桑葚；还有鸣蝉、黄蜂、云雀、蟋蟀、斑蝥……可以寻找茯苓、覆盆子、木莲、何首乌等。冬天，家里的帮工章福庆教鲁迅在园子里捕鸟，他的儿子闰水便是《故乡》里"闰土"的原型。那个小小的百草园是鲁迅童年的乐园。

鲁迅还经常随母亲一起到外婆家去。外婆家在安桥头，离曹娥江不远。鲁迅和村子里的孩子们一起去划船、钓鱼、看社戏、摘罗汉豆。

12 岁的时候，鲁迅去三味书屋上学了。三味书屋是全城中最严厉的书塾，塾师寿镜吾是极方正、质朴、博学的人。在这里，鲁迅几乎读完了十三经。

读书以外，鲁迅最喜欢的是把荆川纸蒙在小说的绣像上描画。最成片段的，是《荡寇志》和《西游记》的绣像。鲁迅还用自己攒下的钱，买了《芥子园画传》、《毛诗品物图考》等画册，还有《酉阳杂俎》、《容斋随笔》等笔记杂说。买不起的就自己抄，《茶经》、《五木经》他都抄过。

1893 年，鲁迅 13 岁的时候，家里发生了一件大事。2 月 16 日，正是除夕，鲁迅的曾祖母去世，祖父周福清告假回家。秋天，浙江举行乡试，主考官殷如璋和周福清是同科进士，有"同年"之谊。亲友中有去应试的，就凑了钱，托周福清送给主考。周福清便带了钱去苏州等候主考。待二人见面后，周福清派一跟班给殷如璋送去一封信。恰逢主考与副主考在一起聊天，殷如璋收到信后，就搁在一边。但跟班却急得叫喊起来，说信里有银票，为什么不给回条。殷如璋只得当即将此事移交苏州府。周福清知道不能躲藏，便投案自首。大约是 1894 年初，被判"斩监候"，待秋后处决。虽然没有"斩立决"，但每年的秋天都有处决的可能。周福清在杭州的监狱里关了 8 年，需要每年去各处打点，家境也就逐渐败落下来。

祖父事发的时候，家里就把鲁迅和周作人送到外婆家去。鲁迅住在大舅父家，周作人住在小舅父家。只是，这次去外婆家和以前很不一样了。以前，鲁迅去外婆家是贵客，这次却是避难，竟有人称他为"乞食者"。世态的炎凉，年幼的鲁迅已经深深感受到了。

直到次年的夏初，祖父的案子不会株连了，家中才接了鲁迅兄弟回来。鲁迅继续在三味书屋读书。这次的避难，鲁迅看了许多的书，还描绘了《荡寇志》的全本人物图像。

但是，祸不单行，祖父的事情还没有了结，父亲又病倒了。祖父案发后，父亲被拘捕审讯，革去秀才的名分，不得再参加乡试。祖父押在狱中，还得卖田典物，时时打点。这对周伯宜的打击很大，常借酒浇愁，摔碗丢筷。大约是 1894 年的冬天，周伯宜开始吐血，病情逐渐加重。鲁迅和周作人都曾经在文章里提到过父亲的病。开始的时候，家里人根据“医者意也”的说法，就研墨给他喝，以为黑色的墨可以盖过红色，弄得满脸漆黑。一段时间以后，不再吐血了，却逐渐水肿起来。请来了当时的名医姚芝仙与何廉臣，诊费自然不便宜，主要还是开出的“药引”很是奇怪，难以寻找。最平常的是“蟋蟀一对”，但难的是要“原配”的，即本在一巢的。其他的药引如结子的平地木、经霜 3 年的甘蔗、冬天的芦根等，都是很难找到的。这样诊治了半年左右，没有效果。1896 年 10 月 12 日的深夜，父亲周伯宜去世了，时年 36 岁。当时，祖父还关押在杭州的监狱中。父亲的去世对鲁迅打击很大。鲁迅后来在叙说他学医的缘由时，就曾说为了医治像他父亲那样的病人。

祖父的案子开销很大，加上父亲的病，几年之间，鲁迅家中那四五十亩水田，也全被卖掉了，家境迅速败落下来。这对鲁迅精神上的影响很大。鲁迅后来曾在《呐喊·自序》里说道：

> 我有四年多，曾经常常——几乎是每天，出入于质铺和药店里，年纪可是忘却了，总之是药店的柜台正和我一样高，质铺的是比我高一倍，我从一倍高的柜台外送上衣服或首饰去，在侮蔑里接了钱，再到一样高的柜台上给我久病的父亲去买药。……有谁从小康人家而坠入困顿的么，我以为在这途路中，大概可以看见世人的真面目。

还在祖父刚刚事发的时候，鲁迅到外婆家避难，就被人称为“乞食者”，而在父亲去世后，更是受到本家长辈的欺压。在小说《孤独者》中，魏连殳说“我父亲死去之后，因为夺我屋子，要我在笔据上画花押”，便是当时他自己的经历了。

二、青年鲁迅

1. 南京求学

父亲去世后，祖父还在狱中，家中境况大不如前。鲁迅在《自叙传》里说，“渐至于连极少的学费也无法可想”。那时，书香门第的子弟，读书的目的是在赶考，科举无望的、衰落的读书人家子弟便去学做幕友或是经商。鲁迅执意不肯走这两条路，于是，就只有进学堂了。当时的学堂，在读书人看来，属于不务正业，“所谓学洋务，社会上便以为是一种走投无路的人，只得将灵魂卖给洋鬼子，要加倍的奚落而且排斥的”，但鲁迅也顾不得这些了。

1898 年 4 月底，鲁迅带着 8 块银元，告别落泪的母亲，离开了家。从绍兴出发，到杭州狱中看望祖父。5月7日，到南京，进了江南水师学堂。鲁迅的远房叔祖父周庆蕃在那里教汉文，兼任管轮堂监督。鲁迅入学后，分在机关科学习。

周庆蕃虽然也在学堂做事，但内心里却是瞧不起学堂的。他觉得自己本家的子弟，不走科举正路，而学洋务，做水兵，实在很不体面。他觉得鲁迅不宜用家谱中的名字，便改"豫才"为"树人"。

学堂的生活很乏味。学堂的学生被外面的人看不起，而在学堂的内部，却又分了几个等级，等级之间待遇是很不一样的。鲁迅在《朝花夕拾》里曾有过记叙：

> 一星期中，几乎四整天是英文……一整天是读汉文："君子曰，颍考叔可谓纯孝也已矣，爱其母，施及庄公。"一整天是做汉文：《知己知彼百战百胜论》，《颍考叔论》，《云从龙风从虎论》，《咬得菜根则百事可做论》。
>
> 初进去当然只能做三班生，卧室里是一桌一凳一床，床板只有两块。头二班学生就不同了，二桌二凳或三凳一床，床板多至三块。不但上讲堂时挟着一堆厚而且大的洋书……低一班的在后面总不能走出他之前。

鲁迅到南京的一个月后，发生了“戊戌变法”，尽管时间短暂，并以失败告终，但维新的气氛却并没有消退。许多新的报刊和新出版的书籍，都让刚从小城里走出来的鲁迅感到兴奋。只是学堂的乌烟瘴气，让他很是失望。学堂的生活单调乏味，教书的那些老先生对于新知识又是一窍不通，连“地球”是什么东西也不知道，有的老师还抽鸦片。虽是水师学堂，但专业课就只有爬桅杆。曾经的游泳训练池因淹死了两个学生，也被填平了，上面还盖了关帝庙，每年都要做法事，超度亡灵。更让鲁迅不满的是，学堂并不是真正的衙门，却摆着衙门的架势，大堂里摆放着令箭，可以将学生杀头的。这些都让鲁迅很是失望。他并没有寻求到“别样的人们”。

1898 年 9 月，两江总督刘坤一决定在江南水师学堂内附设一个矿路学堂。鲁迅其时正好对水师学堂感到不满，便前去投考，录取后，鲁迅就到矿路学堂就读了。学堂新开设了格致学、地学、金石学等课程，其他的课程变化不大，英语变成了德文，汉文和论文没什么变化。但是，从枯燥的“颖考叔曰”到西方自然科学，鲁迅似乎从一座阴森的古堡，走到春暖花开的花园里了，眼界骤然开阔了许多。据周作人回忆，当时地学这门课，鲁迅学得很认真，用的教科书是英国莱耶尔的《地质学纲要》的译本，译名《地学浅说》，鲁迅手抄过一遍。鲁迅关于古生物学的一些知识就是从这里得来的，于他了解进化论也很有关系。

这所学堂里设有阅报处，鲁迅看到了《时务报》，还有《译书汇编》等报刊。除了这些报刊外，鲁迅这时期还看了很多的新书籍。从《茶花女遗事》开始，凡是林纾翻译的西洋小说，有一本，就买一本。严复翻译的《天演论》、《名学》等，也看了不少。《天演论》是我国最初介绍进化论的书籍，译者严复是中国早期的留英学生，近代启蒙思想家。《天演论》的底本是英国生物学家赫胥黎的论文集《进化论与伦理学及其他》。赫胥黎根据进化论的观点，认为生物是发展进化的，并将生物界的"物竞天择"、"适者生存"的规律用来解释人类社会的争斗。严复在介绍了这些观点后，描述了"弱肉强食"、"自然淘汰"的生物进化现象，希望可以激起国人挽救民族危亡的爱国意识。一个周末，鲁迅到城南的旧书店里，花了500文买来了这部白纸石印的厚书。20多年之后，在《琐记》里，他还清楚地记得当时的兴奋心情："哦！原来世界上竟还有一个赫胥黎坐在书房里那么想，而且想得那么新鲜？一口气读下去，'物了胸中的怨愤。所以词作最后一句，诗人以酒祭奠江月反映理想与现实的矛盾，是诗人仕途坎坷、壮志难酬的悲愤感慨和精神苦闷的诗意表达。但同时在自慰自解中，也激荡着一腔追慕豪杰、渴望建功立业的豪迈之情。

读优秀的文学家传记的同时，我们也是在学习写作。学习传记作者"文真事核"的研究精神，学习传记作者"不虚美，不隐恶"的写作态度，学习传记作者选材剪裁的文法结构，学习传记作者刻画人物形象的生动技法，学习传记作者议论记事"寓褒贬于记述之中"的独特功夫。

潜心读一部好的文学家传记就如同与文学家进行一次心灵对话和思想交锋。优秀的文学家传记作品具有无可替代的审美意义和教育价值，处于人生观、世界观形成阶段的青少年应该读一读文学家传记。阅读文学家传记，我们可以回溯他们的生命历程，走进他们的情感世界，我们可以在与文学家的真情对话中体味人生真谛，提升自我的思想境界，从而引导我们对人生、对历史做出更广阔更深刻的思考。

从阅读规律上看，青少年对于小说等虚构类文学的兴趣会比较浓厚，随着成长，阅读兴趣将转向传记等非虚构作品，在青少年的精神断奶期，恰恰需要传记作品的那种直面苦难的精神和闪烁哲理的思辨。从这个角度来说，传记作品是青少年的精神钙片，能够阅读传记、喜欢阅读传记可以视做青少年思想成长趋于成熟的标志。

我们这套“走进中学语文课本里的作家”丛书，倾注了一大批著名教授专家的心血。每一位作者，都是活跃在当前学术论坛的领军人物。他们能俯下身子给我们青少年写书，实在是青少年之幸、国家之幸。

布鲁克说：“能与现代人同行是好的，若能与过去有智慧的伟人同行也是有益的，这能使我们不受短暂生命的影响，只看生命中失意、绝望的地方。使我们走在人生路径上，有前例可循，也使我们不断地学习谦卑，不断得到启发。”希望青少年读者珍惜大学者的馈赠，能够自主阅读、喜爱阅读、真诚阅读、智慧阅读，发掘伟大文学家以及传记作者留给我们的无限宝藏。

编　者

2011 年 6 月

韩愈像

韩愈故里——河南孟州的韩愈陵园

目　录

走进作品

名家视角

韩愈简谱

引　言

韩愈是我国文化史上一位杰出人物。凡是对中国文化史稍有常识的人都会认同这一点。首先,他是一位伟大的文学家,因为他写过很多脍炙人口的古文和诗歌。例如他写的一篇悼念侄儿韩老成的散文《祭十二郎文》,情感真挚,如泣如诉,时间过去了一千年,至今读它,仍旧会让人洒一掬同情之泪。又有哪个小学生不会背诵他的"天街小雨润如酥,草色遥看近却无"呢?他还是一位了不起的教育家,一生中有四次在中央的国子监(京师的大学)任过职,任地方官时,也很重视教育。他写过一篇文章叫《师说》,文章中说:"师者,传道、授业、解惑也。"虽然韩愈所说的"道"和"业",与当今学校对学生的思想教育(道)、所开设的课程(业)有很大的不同,但是这几句话仍然把学校的作用、为师的职责,讲得透彻而准确,中外古今的学校,莫能例外。当韩愈不任教职时,他的身边也总是拥有一批学生,或请教作文,或交流学术,这些人被称为

"韩门弟子"。韩愈一生反对佛、道二教,在反对佛、道二教的同时,他还有一系列宣传、弘扬孔孟儒家治国修身大道理的著作,在中国思想史上占有重要的地位,因而使他无愧于思想家的称号。从前的孔庙,韩愈与汉代董仲舒、宋代二程(程颐、程颢)、朱熹等有资格"陪享"至圣先师孔子、亚圣孟子。

韩愈的三顶桂冠(文学家、教育家、思想家)几乎在唐代就得到社会的肯定,受到他同代人的交口赞誉。与韩愈的关系在师友之间的文学家李翱,曾经以当代孟子看待韩愈,说:"我友韩愈,非兹世之文,古之文也,非兹世之人,古之人也。其词与其意适,则孟轲既没,亦不见有过于斯者。"(《与陆傪书》)连带评价了韩愈的文和儒学两方面成就。李翱说这番话的时间,在唐德宗贞元十八年(802),三十五岁的韩愈在京师长安就任四门博士这个卑微、地位不显的职务。与韩愈关系同样在师友之间的诗人张籍,唐穆宗长庆四年(824)韩愈去世时,写长篇《祭退之》诗纪念韩愈,追怀他与韩愈的交谊,并从道德、学问、气节、文章诸方面称颂韩愈,其中说:"如彼天有斗,人可为信常。如彼岁有春,物宜得华昌。"或者有人说:李、张都是韩愈的朋友,他们称赞韩愈,会不会有他们的私心?那么,就看一看著名诗人刘禹锡的《祭韩吏部文》:“高山无穷，太华削成;人文无穷，夫子挺生。典训为徒，百家抗行。当时勍者，皆出其下。古人中求，为敌盖寡。在贞元中，帝鼓熏琴。奕奕金马，文章如林。君自幽谷，处于高岑。鸾凤一鸣，蜩螗革音。手持文柄，高视寰海……”把韩愈比喻做高山中的太华山(西岳华山)，群鸟中的鸾凤，天下文人、文章何其多，而韩愈手持评定文章的权柄，高高挺立，下视人群。刘禹锡与韩愈曾经是朋友，后来因政见不同而隔阂很深，直到韩愈去世，他们之间的误会仍未完全消除。以上评价，是刘禹锡泯除私怨、出于公心对韩愈做出的公正评价。

韩愈故去后，至晚唐，对韩愈称颂不已的文人尤其多，著名者如杜牧、李商隐、孙樵、皮日休等。他们出发点各有不同，视点或大或小。视点大的，看重的是韩愈的“道”，即思想;视点小的，看重的是韩愈的文，即古文和诗歌。晚唐的皮日休是尊崇韩愈之道的代表人物，他曾上书朝廷，请以韩愈配享太学，就是在国家设立的大学里，让韩愈与孔子之徒如颜(回)、闵(子骞)、(子)游、(子)夏、曾(子)及荀、孟等一起享受“合祭”或“祔祀”的待遇。书中称韩愈“身行圣人之道，口吐圣人之言，行如颜、闵，文若游、夏……吾唐以来，一人而已”（《请韩文公配飨太学书》）。这是韩愈配享太学（后世的孔庙）的起始。诗人杜牧可称作尊崇韩文的代表，他有诗说：“杜诗韩笔愁来读，似倩麻姑痒处搔。天外凤凰谁得髓，无人解合续弦胶。”（《读韩杜集》）杜牧是晚唐大家，诗文兼擅，又出身长安世家，眼界极高，同代作家能入他的眼界的极少，但即使如此，他还是在诗、文两个领域里，选取了最有代表性的两个权威，即杜甫和韩愈，对他们予以高度评价。麻姑是传说中的女仙，年十八九，貌美，手指纤细如鸟爪。杜牧诗大意说愁闷时读杜、韩的诗文，好似请麻姑搔痒，极感舒畅。旧时传说以凤鸟的骨髓与麟角合煎为胶，可以粘合弓弩断弦。“天外”两句，杜牧的意思是说，杜、韩诗文成就之高，无人能及，再无能够得其精髓的继承者了。

宋代以后，韩愈被推崇到了惊人的高度，称颂韩愈的人和称颂韩愈的话不胜枚举。虽不能一一列举，不过，宋代大文豪苏轼的一段话，还是应该格外提出来。苏轼晚年被贬岭南，途经潮州，适逢潮州官民正在重修韩文公庙。苏轼应约为他们写了《潮州韩文公庙碑》一文。碑文说：

匹夫而为百世师，一言而为天下法，是皆有以参天地之化，关盛衰之运……独韩文公起布衣，谈笑而麾之，天下靡然从公，复归于正，盖三百年于此矣。文起八代之衰，道济天下之溺；忠犯人主之怒，而勇夺三军之帅。此岂非参天地、关盛衰、浩然而独存者乎？

苏轼这段话很有名，从文、道、忠、勇四个方面论定韩愈的一生作为，评价极高。苏轼所说“文起八代之衰，道济天下之溺；忠犯人主之怒，而勇夺三军之帅”，并非虚文空话，都对应着韩愈的生平行事。下面将一一展开叙述。苏轼也是中华文化史上的一位伟人，早年他对韩愈的评价并不都是正面的，到了晚年，苏轼遭到朝廷反对派的贬斥，来到韩愈当年的贬地潮州，他对人世沧桑多了几分真切感受，才会对韩愈精神做出如上感同身受的评价。

著名史学家陈寅恪在他的鸿文《论韩愈》中对韩愈的评价，可作为当代人物对韩愈的结论性评价。其中，陈寅恪将韩愈对中华民族文化的贡献，总结为六点：“一曰：建立道统，证明传授之渊源。二曰：直指人伦，扫除章句之繁琐。三曰：排斥佛老，匡救政俗之弊害。四曰：呵诋释迦，申明夷夏之大防。五曰：改进文体，广收宣传之效用。六曰：奖掖后进，期望学说之流传。”第一点所谓的“传授之渊源”，打个比方，就好比一个家族的族谱，按照这个族谱我们可以知道自己的父、祖、曾祖、高祖乃至更遥远的祖先是谁。韩愈所证明的“传授之渊源”，即是指中华民族的文化“族谱”。中华民族的文化“族谱”是什么呢？用韩愈自己的话说，就是从尧、舜、禹、商汤、周文、周武到周公、孔子、孟子递相传授的那个“道”；这个“道”，递经传授数千年而不走样变质，就是“道统”。第二点主要指韩愈写作的那些生气勃勃、论战性极强的文章，例如《原道》《原毁》《师说》《讳辩》等，完全抛弃了汉儒只是寻章摘句解释儒家经典、毫不联系社会及人伦道德现实的积弊。第三点强调韩愈反佛深刻的现实意义，即指出了佛教不劳而获的“寄生”状态和对国家经济实力的损伤。第四点强调韩愈反佛的另外一个现实意义，即针对安史之乱以后藩镇林立的现状而发。释迦（佛）思想是对儒家正统的扰乱，而藩镇也以武力阻挠唐中央政权对国家的控制。第五点论韩愈诗文文体革新的成效。关于韩诗，陈寅恪说韩愈“以文为诗”，其成功之处，是“既有诗之优美，复具文之流畅，韵散同体，诗文合一，不仅空前，恐亦绝后”；关于韩文，另一个史学大师钱穆说韩愈“以诗为文”，即把诗歌抒情、声情顿挫的优点吸收到文章里来，给读者以美的感受。第六点表彰韩愈不避世人的讥笑，广收门徒，把自己的思想和写作经验通过学生传播开去。韩愈的弟子在当时有“韩门弟子”的称呼，原因在此。

以上只是对陈寅恪所说六点的粗浅解说。虽然如此，却可以看出此六点都与中华传统道德和传统文化关系极为密切，对中华民族唐以后的发展、进步乃至于迟滞落后，都有重要影响。哲学、伦理、宗教、教育和文学家都可以从各自领域对韩愈的影响加以探讨和阐释，成为各自领域永远说不尽的话题。时至今日，韩愈哲学思想的光辉或者已经黯然，但作为教育家，他的教育思想仍旧熠熠生辉。至于他的诗文成就和他创造的生动活泼，极富形象性、概括性的文学语言，不消说，仍旧对当代汉语以及当代文学产生着巨大影响。

韩愈是怎样成就为中华文化伟人的呢？让我们从头说起。

走近韩愈

一、时代、身世与童年

1. 韩愈的时代

韩愈生于唐代宗大历三年(768),此时距安史之乱平息——其标志就是安史叛军的余孽史朝义在唐军的进攻和围逼之下自缢身亡——已经五年了。在此之前,叛军内部内讧连连:安禄山的儿子安庆绪杀死安禄山,史思明杀死安庆诸,史思明又被儿子史朝义杀害。发生在唐王朝天宝盛世的安史之乱,是唐王朝由盛而衰的转折点。这一场内战打了八年,唐王朝的盛世气势,几乎消耗殆尽。代宗之后是德宗,在位二十五年(780—804);德宗之后是宪宗,在位十五年(805—820)。韩愈考取进士在德宗贞元八年(792),为官为宦,仕途大跌宕主要在宪宗朝;穆宗长庆四年(824),韩愈去世。在半个多世纪的时光里,唐王朝的衰势愈来愈明显,内忧外患愈来愈严重。德宗、宪宗都不是无作为的皇帝,宪宗在位期间还有一段所谓"元和中兴"局面的出现,但是,总的颓势却无法挽回。政治如此,经济如此,军事尤其如此。文坛也处于"后李杜"寂寥时期:李白、杜甫分别在代宗宝应元年(762)、大历五年(770)去世,盛唐诗人如王维、高适、岑参等也在此前后停止了歌唱。韩愈就生活在这样一个时代。

关于韩愈所处时代的特点,择要谈四个方面:

首先是安史之乱造成国家经济制度的破坏。唐代初期,实行均田制,每个成年男子分田百亩,老男、寡妻、残疾、未成人男子都可以分给田地。与均田制相辅的税收制度是租庸调制:"租"为土地所出,"庸"指每丁每年二十日劳役,"调"指农民向政府缴纳女工所织的绫或绢。农民耕种田地,农闲时为政府服劳役,劳役如果超十五日则免调,超三十日则租调全免。杜甫晚年有一首题名为《忆昔》的诗,满怀深情地回忆那段难得的好时光:

忆昔开元全盛日,小邑犹藏万家室。
稻米流脂粟米白,公私仓廪俱丰实。

九州道路无豺虎，远行不劳吉日出。
齐纨鲁缟车班班，男耕女桑不相失。
宫中圣人奏云门，天下朋友皆胶漆。
……

安史之乱后，均田制、租庸调制完全遭到破坏，农民的土地为豪强所掠夺；再加上长期的平叛战争，致使国库空虚，于是德宗朝宰相杨炎制定新的税收制度“两税法”，颁布施行。“两税法”规定，农民应向政府缴纳现钱，而农民只有谷物布帛等实物，商人钱多，农民或将谷物布帛等贱卖给商人，或由官吏折价，任由官府从中盘剥。“两税法”的施行确实增加了国家税收，却加重了农民的负担，同时给官吏创造了盘剥、贪腐的机会。诗人白居易《秦中吟》十首之《重赋》，就是揭露“两税法”弊端的：

厚地植桑麻，所要济生民。
生民理布帛，所求活一身。
身外充征赋，上以奉君亲。
国家定两税，本意在忧人。
厥初防其淫，明敕内外臣：
税外加一物，皆以枉法论。

奈何岁月久，贪吏得因循。
浚我以求宠，敛索无冬春。
织绢未成匹，缫丝未盈斤。
里胥迫我纳，不许暂逡巡。
岁暮天地闭，阴风生破村。
夜深烟火尽，霰雪白纷纷。
幼者形不蔽，老者体无温。
悲端与寒气，并入鼻中辛。
昨日输残税，因窥官库门。
缯帛如山积，丝絮如云屯。
号为羡馀物，随月献至尊。
夺我身上暖，买尔眼前恩。
进入琼林库，岁久化为尘。

官库的积累得以丰盈，贪吏也借机敛索充实了腰包。农民即使有少量土地，终因缴纳不起政府的赋税，最后只好走上抛弃土地、逃亡在外的道路。这是中唐以后国家经济最大的弊端。

最严重的政治问题是藩镇割据。藩镇，习惯上也称做“方镇”，或称节度使。方镇（节度使），原是唐政府在边疆地区行军制度的基础上发展起来的。所谓“行军”，特指因某一军事目的而派出的野战军队，长官称行军总管。行军总管可以节度（控制、调动、管理）边防军队，因此称节度使。安史之乱前，唐政府在边缘地区设立了安西、北庭（西北地域，今新疆一带）、河西、河东、朔方（北部地域，今山西、陕西北及内蒙一带）、范阳、平卢（东北地域，今河北北、辽宁一带）、剑南（西南地域，今四川西南、云南一带）等节度使。安史乱前，方镇的势力已经坐大，中央政府难以控制。安史乱起，河北道（今河北省）、河东道（今山西省）、河南道（今河南省、山东省）各州各自拥兵，忽而听命朝廷抗逆，忽而迫于形势降逆，朝降夕叛，翻覆不定。安史之乱平定后，安史余孽并未肃清，仍旧割据一方。唐代宗、德宗、宪宗之际，山东、河北的五镇（镇州，今河北正定县；魏州，今河北大名县；幽州，今北京附近；相州，今河南安阳市；青州，今山东益都县）势力最大，最为跋扈。他们名义上归顺了朝廷，实际上都是安史余孽。藩镇割据的具体表现，按《新唐书·藩镇传》的记载，就是："以赋税自私，不朝献于廷，效战国肱髀相依，以土地传子孙。"这段话的意思是，藩镇拥兵自重，像战国时诸侯国一样，互通声气，互为依赖；兵员不服从朝廷派遣，可以自行罗致属下官吏；财赋收入不归朝廷，父死子代，节度使几乎成为世袭。将悍则不服朝廷，兵骄则不服将官，所以藩镇之中叛乱流血之事常有发生。由于北方、东方以及西北方的大部分地域脱离或半脱离中央管制，唐朝廷实际上已被架空，政令往往不能出京畿。更有甚者，藩镇中最强悍的，索性自立门户，与朝廷公开抗衡，如德宗建中三年(782)河北四镇(恒州、魏州、幽州、青州)相继反，各自称王，共推幽州朱滔为盟主；不久淮南李希烈亦反，自称天下都元帅，遣兵四处掳掠，东都洛阳为之惊扰。因藩镇的叛乱，德宗放弃京城长安，奔走奉天(今陕西乾县)，叛军围奉天，围不能解，德宗于是再奔梁州(今陕西汉中)。后来叛乱平定，朝廷怯懦，原来的叛将只要口头表示归顺朝廷，仍旧官复原职，不予深究。这就是中晚唐藩镇割据的大概。宪宗即位后，曾对藩镇大力用兵，中央集权的局面稍有恢复，号称"元和中兴"。虽然宪宗的中兴局面只是昙花一现，但对韩愈的政治态度影响很大，对他的哲学观、文学观也都有相当的影响。

第三是宦官专权。宦官擅权自玄宗时代的高力士开始。高力士的最高任职是右监门卫大将军，封齐国公，从一品(唐代宰相的品秩不过正三品。位居皇帝老师之位的三师才官居正一品)。玄宗之后，每朝每代都有一位既控制皇帝、把持朝政，又把持军队的宦官头子。宦官把持军队，有两种形式：一是以“监军使”、“观军容使”的名义出任野战军的军职，可以左右主将的作战部署，权力很大；二是统帅宫廷禁军和担任皇城禁卫军的最高军职。这两支军队，是唐政府军队的精锐和精华。宦官擅权又带来朝官与宦官的矛盾。朝官虽然每日可以得见皇帝一面，陈说政策，但不比宦官终日陪伴在皇帝左右，影响皇帝的力度更大。发生在唐文宗大和九年(825)的“甘露之变”就是一场朝官与宦官矛盾的总爆发：宰相李训与凤翔节度使郑注等联手，密谋内外协同，铲除宦官集团，不料事泄，反被宦官捕杀，因株连而被杀的朝官千余人。同时朝官之间也有矛盾，发生在穆宗时代的“牛李党争”(各以牛僧孺、李德裕为首)，彼荣此损，此荣彼损，一直持续了近四十年。虽说“甘露之变”发生在韩愈死后，“牛李党争”发生不久韩愈即去世，但各种矛盾存在已久，也不能不对韩愈产生影响。

第四就要说到佛、道二教的盛行了。佛教是外来教，东汉末传入中国，至南朝、隋唐发展到极盛。道教起源于东汉后期的“五斗米教”，将战国老子、庄子的著作奉为经典。韩愈反对佛道二教，不遗余力，但他更着力于反对佛教，原因在于佛教对民生、对国家的危害更大。宪宗元和十四年(829)韩愈反对迎佛骨,几乎送掉了他的性命。这一点我们下文再详说。总而言之,佛道二教的盛行以及韩愈的反佛道二教,既贯穿韩愈的一生,也直接影响到他的古文写作。

最后简单说及文坛的现状。诗歌,自盛唐李、杜、王(维)等盛极之后难乎为继,创作基本处于低潮。李白的诗如横空出世,石破天惊,后人无法模仿;杜甫的诗集古今大成,后人无法达到他的高度。唯有王维的诗,雍容华贵,或颂升平,或写山水,比较适合安史乱后才子们的写作心态,于是王维诗歌大行,以“大历十才子”为代表。十才子的诗形式比较华美,但远离了社会现实,也缺乏创新,缺乏个性。至于散文,仍旧是追求声韵的骈文一统天下。也有反对骈文、主张古文的先行者,如初唐的陈子昂,盛唐的萧颖士、李华和中唐的独孤及、梁肃等,但都不足以动摇骈文的地位。如何走出诗歌创作的低谷,如何让古文在司马迁之后重新大放异彩,是历史赋予韩愈的重任。

2. 籍贯与家世

韩愈的籍贯,是唐代河南府河阳县(河南府的范围包括今洛阳市及周围十数个县),即今河南孟州市。孟州西北二十里苏家庄南有土丘，周围数里，就是韩氏祖茔。清代雍正朝所编《河南通志》卷四九“陵墓·韩愈祖茔”记载：“在孟县尹村岭后，即今苏家庄。自始祖安定桓王茂以下及父仲卿、叔云卿、伯兄（即长兄）会与嫂郑氏，俱祔葬于祖墓。”同卷又载：“韩昶（韩愈子）墓，在孟县西北二十里尹村祖茔。韩湘（韩愈侄孙）墓，在孟县城东谪星庙下。”据孟州地方学者考察，上世纪40年代以前，韩愈七世祖韩茂墓前有碑，上书“后魏安定桓王韩氏之墓”。只是墓碑毁于日军侵华炮火中，无法知道树碑的具体时间。韩愈之子韩昶墓，明代万历间（16世纪）为盗所掘，出墓志，志石今存孟州韩氏家族祠堂内（见河南社科院孟县韩愈研究所等编《韩愈与孟县》）。韩愈墓在今孟州市西十余里韩庄村，墓保存完好，墓前古柏参天，号为“唐柏”，清代以来的碑刻保存亦完好。至上世纪90年代以来，孟州市政府对韩愈墓大加修葺，树牌坊，立碑廊，成为当地人文旅游胜地。

韩氏自韩愈七世祖北魏韩茂至韩愈子韩昶、侄孙韩湘，前后共九代葬于河阳，韩愈的籍贯为河阳，应当是确凿而无疑义的。韩愈《赠崔立之》诗说：“旧籍在东都。”“东都”，指洛阳所在的河南府，河阳为河南府属县之一。韩愈诗文中关于自己旧籍的叙述很多，都明确地指向河阳；他一生的行踪，更可以证明他是以河阳为祖居之地的。

但是，韩愈又屡屡自称“昌黎韩愈”，因此史籍遂称他“昌黎人”，见李翱《故正义大夫行尚书吏部侍郎上柱国赐紫金鱼袋赠礼部尚书韩公行状》及《旧唐书·韩愈传》。“行状”是一种文体，官员去世后，由他的门生或家人书写他的出身、门第、一生经历，上呈“国史馆”备案。《旧唐书·韩愈传》因此称韩愈是昌黎人。韩愈去世以后，他的学生李汉为韩愈编集，集子的名称就叫《昌黎先生集》。所以后世学者习惯尊称韩愈为“韩昌黎”。如当代整理韩愈诗文集较有名的两种书，一是马其昶先生的《韩昌黎文集校注》，一是钱仲联先生的《韩昌黎诗编年集注》。那么，“昌黎”又是怎么一回事儿呢？

古人自称（或称呼他人）是何处人，与今人大不相同，即习惯自称（或称人）郡望。“郡望”与籍贯有区别。籍贯就是自己（或某人）的户籍所在地，“郡望”代表的是自己（或某人）姓氏的起源地或发源地。“望”是指这儿曾出过有声望、令人敬仰的人物。由此引申，凡出过众多大人物的某姓人家，就被称作某姓“郡望”。古代人既看重籍贯，也看重郡望；看重郡望，有不忘根基和标榜出身高贵的双层意思。古代的“姓”和“氏”是不同的，同姓的人，原先住在一地，因为战乱、灾荒或四处为官而迁徙，离开了原居住地，于是有了不同的“氏”。“氏”虽然改变了，但他们没有忘怀原居住地和原来的“姓”。战国是我国人户大流离的第一次，从后汉末年到三国鼎立，到东西晋，到南北朝，战乱相继，国内人口一次又一次大流离。原来同处一郡一县的大姓人家，面对战乱，各房各支分头逃散，四处安家。及至后来，虽然他们在流离之地安家立户，传宗接代，渐渐的流离之地就成了他们的籍贯，但是不能忘怀的，仍旧是他们的老家——“郡望”。“郡望”与籍贯有时相同，有时不相同：由郡望之地流离在外的，籍贯与郡望不相同；始终居留在原籍的，郡望与籍贯相同。

据《新唐书·宰相世系表》，北朝后魏时，从事郎中（官名）韩颖之子播徙居昌黎，成为昌黎韩姓一支的先祖。其后名人辈出，仅唐代就出过两位宰相：韩休（相玄宗）和韩滉（相德宗）。昌黎遂成为韩姓之“望”。韩愈自称“昌黎韩愈”，就是自认自己出自昌黎韩氏。今河北省有昌黎县，有人认为这里就是韩愈的郡望。其实不对。北朝后魏时的昌黎郡，位置大约在今辽宁朝

阳与义县一带，河北昌黎是后起的，与韩愈没有关系。

前数年，关于杜甫是哪里人，西安学者与洛阳学者打起了笔墨官司，西安学者说杜甫是长安杜曲人，洛阳人说杜甫是巩县人（巩县属于洛阳），双方都有依据，争论不下。要知道长安是杜甫的“郡望”，巩县是杜甫的籍贯兼出生地。明白了籍贯与郡望的同与不同，就知道这场争论毫无意义。因为郡望往往代表了一个人的根基，所以古人自称或称呼他人，好称郡望。柳宗元先祖在长安至少已经生活了六世，但他郡望河东（即今山西运城，唐代为河东郡），所以自称“河东人”，同代人亦称他为“柳河东”，就是这个道理。

韩愈的远祖，以韩茂最为著名，官爵亦高。茂，《北史》《魏书》俱有传，《魏书》称其“膂力过人，尤善骑射”，北魏太武帝拓跋焘时官至侍中、尚书左仆射，加征南将军；北魏文成帝拓跋濬即位，拜尚书令（宰相），死后赠安定桓王。茂是行伍出身的将军、宰相，“沉毅笃实，虽无文学，每议论合理”（《魏书·韩茂传》），与其后世子孙以文学见长不同，但从韩愈的好议论军事，尝为征讨藩镇叛军的行军司马，晚年曾官兵部侍郎，可以看出远祖茂对韩愈的影响。韩愈的祖父韩睿素，大约在武后、中宗时，曾任桂州长史，是韩愈近祖中官爵

较为显赫的一位。韩愈的父亲韩仲卿，唐玄宗天宝时期，历任地方县令一类小官。唐肃宗至德二载(757)，韩仲卿任武昌县令，与大诗人李白相识并有交往。他离任时，地方官绅为他立《去思颂碑》，碑文即出自李白之手，碑文中说：

> 君自潞州铜鞮尉调补武昌令。未下车，人惧之；既下车，人悦之。惠如春风，三月大化。奸吏束手，豪宗侧目。有爨玉者，三江之巨滑，白额且去，清琴高张。兼操刀永兴，二邑同化。时凿齿磨牙于两京，宋城易子而炊骨。吴楚转输，苍生熬然。而此邦晏如，襁负云集。居未二载，户口三倍……官绝请托之求，吏无丝毫之犯。

对韩仲卿的才能和政绩备极褒美。其中或有一些溢美之辞，但《去思颂》是继任官和当地乡绅对卸任官的一种褒扬和表彰，才能平庸、政绩不佳者，是不能获此殊荣的。碑文出自李白之手，是韩愈和韩氏家族永久的骄傲。李白《去思颂碑》中还提及韩仲卿的几个弟弟，即韩愈的几个叔父：少卿、云卿和绅卿。其中对韩云卿评价最高："文章冠世，拜监察御史，朝廷呼为子房(汉张良字子房)。"三四年之后，李白在江南与韩云

竞’‘天择’也出来了，苏格拉第、柏拉图也出来了，斯多噶也出来了……”

上到第三年的时候，鲁迅还下矿井去实地考察。当时，情形颇为凄凉，由于原先聘请的技师已经辞退，煤矿采的煤，只能供两架抽水机用，到后来，抽水机虽然工作，但积水已经很深了，几个矿工就在矿井里像鬼一样地工作着。

在矿路学堂的三年，鲁迅广泛地接触了西方的自然科学和社会学知识。他是全班唯一一个获得金质奖章的。但他拿到奖章后，立即变卖，然后去买书。

1902 年 1 月 27 日，鲁迅以一等第三名的成绩从江南水师学堂附设的矿路学堂毕业，两江总督刘坤一签署了发给他的执照。同年 3 月，鲁迅获得了官费出国留学的资格，被两江总督派往日本留学。

2. 留学日本

弘文学院

1902 年 3 月 24 日，矿路学堂的总办俞明震带着鲁迅等 6 人乘坐日本轮船，由南京出发，转道上海东渡日本。俞明震的一个亲戚陈衡恪（字师曾），也自费前往日本。4 月 4 日抵达横滨。

鲁迅等6人原计划进成城学校——陆军士官预备学校，但成城学校没有接受他们，后都改入弘文学院，编入江南班。弘文学院是1902年1月才新办起来的。这是一所文化预备学校，主要学习日语和科学文化知识，是为进专科学校做准备的。鲁迅在这里读了两年，1902年4月入学，1904年4月结业。1902年的秋天，浙江省派出的一批官费留学生也到弘文书院入学了，这其中，便有鲁迅后来的挚友许寿裳。

当时的日本，是全世界中国留学生最多的地方。日本自明治维新后，在政治、经济、文化等各方面实行了一系列的重大改革，引进西方文化思想。几年时间，日本迅速成为亚洲强国，并且在甲午海战中战胜了清王朝。清王朝从失败中看到了日本的进步，便派遣了大量留学生前往日本。鲁迅到日本后，很快发现了中国的落后和封闭，感受到了中国所面临的危机，对国家和民族的未来充满了忧虑。

鲁迅在弘文学院学习期间，正是东京留学生中革命活动最活跃的时候。黄兴其时也在弘文学院读书，孙中山、章太炎、梁启超等都流亡日本，各种纪念会、讲演会活动频繁，革命团体光复会也在东京成立，进步书刊报纸就更多了。刊物如《清议报》《新民从报》《新小说报》《湖北学生界》《江苏》《浙江潮》，书籍如《猛回头》《警世钟》《革命军》等，这些都是鲁迅爱看的。

在这种环境下，鲁迅的民族革命思想逐渐形成，还加入了进步团体浙学会。他是江南班中第一个剪辫子的。辫子对于清朝的国人来说，意义重大。在 200 多年前，清王朝的军队强迫汉族人在头上种植长辫，令汉人从此蒙受耻辱。鲁迅曾说："对我最初提醒了满汉的界限的不是书，是辫子。这辫子，是砍了我们古人的许多头，这才种定了的，到得我有知识的时候，大家早忘却了血史，反以为全留乃是长毛，全剃好像和尚，必须剃一点留一点，才可以算是一个正经人了。"即使是在日本，也管得很严，剪掉辫子，可能会停止官费，回国后更有杀头的危险。但是，鲁迅不顾一切地剪了发。剪发后，还特意拍了"断发照"，在照片的背后，题了一首诗，赠给了友人许寿裳：

灵台无计逃神矢，风雨如磐暗故园。
寄意寒星荃不察，我以我血荐轩辕。

隔着海峡，回望祖国，风雨如磐，人们却不觉醒，鲁迅希望用自己的努力去唤醒中国这头沉睡的雄狮，哪怕是付出鲜血的代价。

面对中国和日本的现状，鲁迅开始了深深的思考。受当时日本思潮的影响，他经常和许寿裳一起讨论中国国民性的问题。他认为，中国要强盛起来，必须从根本上改造中国人的思想问题。那么，怎样才是理想的人性？中国国民性中最缺乏的是什么？它的病根何在？鲁迅一直都在思考这些问题，并开始试着去回答问题，改造国民性。

1902年11月，浙江籍的留日学生成立同乡会，出版杂志《浙江潮》。在此之前，梁启超在《新小说》杂志上发表了《论小说与群治之关系》，赋予小说以极高的地位，认为小说有改变社会的功能。受梁启超的影响，当许寿裳邀请鲁迅给《浙江潮》写稿的时候，他立即答应了。

鲁迅写的第一篇是《斯巴达之魂》，这是根据外文资料编译的，记斯巴达300勇士与数万波斯军队激战的故事。他想借歌颂斯巴达的英雄来鼓励我们民族的尚武精神，救治国民的灵魂，“我今掇记其逸事，贻我青年。呜呼：世有不甘自下于巾帼之男子乎？必有掷笔而起者矣”。这篇情感激越的文章，得到了爱国同学的热烈共鸣，这是鲁迅最早的文学活动。

紧接着，鲁迅又发表了《说钼》和《中国地质略论》。《说钼》是介绍居里夫人发现镭元素，向国人介绍自然科学界最新的研究成果。《中国地质略论》介绍中国各省煤矿资源分布的情况，希望国人可以结合这些情况，自已来开采，发展工业。在《新小说报》上刊登了儒勒·凡尔纳的科幻小说《十五小豪杰》和《海底旅行》后，鲁迅还翻译了他的《月界旅行》和《地底旅行》。在《月界旅行》的前言里，鲁迅说希望通过小说的方式，介绍科学知识，“使读者能于不知不觉之间，获一斑之智识，破遗传之迷信，改良思想，补助文明”。鲁迅希望通过介绍这些科学知识，以开启民智，改良思想。

仙台学医

1904 年 4 月，鲁迅从弘文学院结业。在慎重地思考后，鲁迅决定学医。在《〈呐喊〉自序》里面，鲁迅说他当时学医的动机是从读到的书中知道日本维新大半发端于西方医学，父亲的病使他“悟得中医不过是一种有意的或无意的骗子，同时又很起了对于被骗的病人和他的家族的同情”。又说“我的梦很美满，预备卒业回来，救治像我父亲似的被误的病人的疾苦，战争时候便去当军医，一面又促进了国人对于维新的信仰”。就这样，鲁迅决定就读仙台医学专门学校。

在鲁迅之前，仙台医专从未招收过中国留学生，因此，在鲁迅入学之前，当地的报纸还做了专门报道。鲁迅到仙台后，也很受了一些优待。不但学校不收学费，几个职员还为他的食宿操心。刚开始住在监狱旁的一家公寓里，但一位先生却以为这客店也包办囚人的饭食，这很不相宜，要他搬离那里。那位先生几次三番地劝说，鲁迅觉得好意难却，就另寻他处了。但住宿条件很不好，饭菜也很不适应。

学校的功课很紧张，在鲁迅致朋友蒋抑卮的信中说："校中功课大忙，日不得息。以七时始，午后二时始竣。……组织、解剖二科，名词皆兼用腊丁，独乙（"日语"的音译），日必暗记，脑力顿疲。"

解剖学是医学校的一门重要功课。鲁迅在仙台医专学习时，讲授这门课的是藤野严九郎先生，就是鲁迅文章里的"藤野先生"。他样子黑瘦，八字须，戴眼镜；治学很认真，但生活很随便，不修边幅，有时候上讲堂会忘记戴领结。有一次乘车，因为穿衣服太马虎了，以致管车的疑心他是扒手，叫车里的客人小心些。藤野先生很关心鲁迅的学习，一个周末，他派助手把鲁迅叫到研究室，问鲁迅是否可以抄下上课的讲义，并让鲁迅把讲义拿给他看。第二天鲁迅取回讲义的时候，发现藤野先生把讲义从头到尾改了一遍，还增加了许多遗漏的，连文法错误都修改了。此后，每星期藤野先生都修改一次笔记。这样一直持续到他教完的课程：骨学、血管学、神经学。鲁迅一直很喜欢画画，记笔记的时候，把血管图画得很好看，但却不准确了。藤野先生和蔼地说："解剖图不是美术，实物是那么样的，我们没法改换它。"鲁迅虽然口头答应着，心里却说"图还是我画的不错；至于实在的情形，我心里自然记得的"。藤野先生的严谨细致，让鲁迅始终难以忘怀，那种求实精神，对鲁迅影响很大。鲁迅回国后，把藤野先生送给他的照片，一直挂在自己书桌对面的墙上，"每当夜间疲倦，正想偷懒时，仰面在灯光中瞥见他黑瘦的面貌，似乎正要说出抑扬顿挫的话来，便使我忽又良心发现，而且增加勇气了，于是点上一枝烟，再继续写些为'正人君子'之流深恶痛疾的文字"。鲁迅晚年时，增田涉和武藤春夫为岩波文库翻译《鲁迅选集》，问鲁迅希望选入哪些作品，他回答说：你们选就行了，我只希望把《藤野先生》选进去。

弃医从文

鲁迅在仙台医专的成绩并不是很好，鲁迅自己说

"同学100余人之中,我在中间,不过是没有落第"。当时全级142人,鲁迅第68名。但这样的成绩,却引起了别人的嫉妒。"中国是弱国,所以中国人当然是低能儿,分数在60分以上,便不是自己的能力了:也无怪他们疑惑。"学生会干事借用鲁迅的笔记,发现上面藤野先生的修改,便认为这是藤野先生泄露了考试题,所以鲁迅才考得这样好,还写了匿名信侮辱鲁迅。这让鲁迅非常愤怒,这不仅是对他个人的侮辱,对藤野先生的侮辱,更是对鲁迅的国家、民族的侮辱。但鲁迅还是坚持着,希望能学好医学,回国后能救治病人。但接下来的一件事,使得鲁迅决定退学了。

在《〈呐喊〉自序》里,鲁迅曾记叙了他退学的缘由,也就是"幻灯片事件"了。

> 我已不知道教授微生物学的方法,现在又有了怎样的进步了,总之那时是用了电影,来显示微生物的形状的,因此有时讲义的一段落已完,而时间还没有到,教师便映些风景或时事的画片给学生看,以用去这多馀的光阴。其时正当日俄战争的时候,关于战争的画片自然也就比较的多了,我在这一个讲堂中,便须常常随喜我那同学们的拍

手和喝彩。有一回,我竟在画片上忽然会见我久违的中国人了,一个绑在中间,许多站在左右,一样是强壮的体格,而显出麻木的神情。据解说,则绑着的是替俄国做了军事上侦探,正要被日军砍下头颅来示众,而围着的便是来赏鉴这示众的盛举的人们。

受到这一事件的刺激,鲁迅决定退学。他觉得"医学并非一件紧要事,凡是愚弱的国民,即使体格如何健全,如何茁壮,也只能做毫无意义的示众的材料和看客,病死多少是不必以为不幸的。所以我们的第一要着,是在改变他们的精神,而善于改变精神的是,我那时以为当然要推文艺,于是想提倡文艺运动了"。

1906 年春天,鲁迅申请退学,3 月 15 日,仙台医学专门学校同意鲁迅退学。

鲁迅的弃医从文,是他长时间思考的结果。从到日本的时候起,鲁迅就开始广泛阅读各种外国文学作品,如拜伦、尼采的作品,古希腊、古罗马的神话等,还翻译过两部科幻小说。在弘文学院的时候,鲁迅经常同许寿裳讨论的国民性话题,也是他走上文学的道路诱因。

离开仙台后，鲁迅在东京住了些日子。他把学籍放在东京德语协会的德语学校。东京的同学们对于鲁迅的选择并不认同，鲁迅很是落寞。

不幸的婚姻

夏天的时候，鲁迅决定回家一趟，因为母亲接连不断地来信，催他回去结婚。

妻子朱安是鲁迅叔祖母玉田夫人的同族。这是一个旧式的女子，结婚乃是鲁迅母亲的主意。清朝末年，男女婚姻仍然沿袭“父母之命，媒妁之言”，在绍兴这样的小县城，是不可能自主择偶的。此外，鲁迅在外读书时间很长，父亲去世后，家里都靠母亲一人操劳，鲁迅更不能违抗母亲的意愿。只是，这婚姻是他所不愿意的。结婚后，鲁迅搬到前楼上住了一星期，就返回日本了。他对许寿裳说，“这是母亲给我的一件礼物，我只能好好地供养它，爱情是我所不知道的”。

这一婚姻给鲁迅带来了长久的痛苦，但他却非常尊重朱安，很理解朱安。后来，当他读到一个青年诗人的诗句时，他曾在文章里说道：

> 爱情是什么东西？我也不知道。……
>
> 但从前没有听到苦闷的叫声。即使苦闷，一

叫便错；少的老的，一齐摇头，一齐痛骂。

……

但在女性一方面，本来也没有罪，现在是做了旧习惯的牺牲。我们既然自觉着人类的道德，良心上不肯犯他们少的老的罪，又不能责备异性，也只好陪着做一世牺牲，完结了4000年的旧账。

作一世牺牲，是万分可怕的事；但血液究竟干净，声音究竟醒而且真。

这可以看做是鲁迅的自白了，尽管自己很痛苦，但对于女性的牺牲给予了深切的同情，同时，自己也准备做一世的牺牲。从这里，我们可以看到鲁迅的精神世界。

3.《新生》

1906年夏天，刚刚结婚的鲁迅就返回日本了，这也可以算是他对于这次婚姻的无声抗议吧。与鲁迅同去日本的还有二弟周作人。周作人从江南水师学堂毕业，通过了留学日本的考试，只是因为近视，而不能学习海军，要改学土木工程。

鲁迅到东京的时候，正是革命活动高涨的时候。

这一年，也是章太炎出狱赴日的时候。此前的1905年，孙中山联合东京的兴中会、华兴会、光复会等一起组成同盟会，发行《民报》，宣传革命。章太炎是《民报》主笔，写文章与主张君主立宪的《新民丛报》展开论战。章太炎的文章笔锋强劲、气概非凡，在留学生里影响很大，鲁迅就深受其鼓舞。

这时，鲁迅虽然将学籍放在德语学校，但很少去上课，多是自修。除去读书，便是交游和谈论，经常来鲁迅公寓的有光复会的重要活动家、鲁迅的同乡陶成章。受当时的革命思想影响，鲁迅更加坚定了自己的信念，就是进行文化思想的启蒙工作，希望通过文艺来改变人们的思想。

鲁迅的文艺工作，第一步是出杂志。当时，留学生出的杂志颇多，但没有一种是讲文学的。鲁迅计划筹办一份文学杂志《新生》。这名字是在返回东京之前就定好了的，取“新的生命”的意思，希望可以改变人们的精神，进而使祖国赢得新生。连封面的图画和插图都已经设计好了。但当时的留学生都是学理工科和法政的，很轻视文学，鲁迅也没有找到几个同志。眼看杂志预定的出版时期要到了，但以前说好的几个写稿人都没了音信。原先的几个同志有鲁迅、周作人、许寿裳和袁文薮，后来袁文薮去英国留学，说好写文章寄来，却再无音讯。剩下的3个人，写稿还行，却无法凑足印刷费，《新生》胎死腹中也就是必然的了。

筹办杂志未果，鲁迅并没有因此而懈怠。他每天都去书店，收集各种书报，晚上在灯下阅读，读到很晚才睡。第二天房东来整理房屋的时候，发现炭盆里插满了烟头，像马蜂窝似的。这时期，鲁迅看的书是很有针对性的，如学习德语，却没有买歌德的书，只有海涅的4本诗集。德语只是一个“敲门砖”，是去读其他各民族的文学作品的工具，具体说来就是后来所说的“弱小民族”的文学，像波兰、芬兰、匈牙利、保加利亚、波西米亚、塞尔维亚、希腊等国家，当时都是在殖民主义下挣扎着的民族。只是这些民族的文学很少有英译本，只有德语译本还有一些。可在日本很难买到，鲁迅就托朋友或者书店订购。他又经常去旧书摊上寻宝，那本他最为看重的裴多菲唯一的小说《绞吏的绳索》就是从旧书摊买来的。他还曾经热心地搜求埃及和印度的文学作品，却一直都没有找到。当时，他最爱看的还有果戈理、显克微支，此外，还有日本的夏目漱石和森鸥外。巧合的是，在1908年的下半年，鲁迅正好住在夏目漱石曾经住过的房子里。同住的还有周作人、许寿裳、钱钧夫和朱谋宣，加上鲁迅自己，这就是“伍舍”。

《新生》的出版是遥遥无期了，恰好这时候，周作人的朋友孙竹丹来找到他们，说河南留学生办杂志，缺人写稿，希望他们帮忙。因此，鲁迅就把想在《新生》上说的话，发表在了《河南》杂志上。周作人曾经把他们给《河南》杂志写稿称为“《新生》甲编”。鲁迅在《河南》杂志上发表了《人间之历史》《摩罗诗力说》《科学史教篇》《文化偏至论》，《破恶声论》未连载完，同时他还翻译了《裴多菲诗论》。

在《河南》杂志的第一号(1907 年 12 月)上，鲁迅用笔名“令飞”发表了《人间之历史》，副题“德国黑格尔氏种族发生学之一元研究诠释”。这是我国较早介绍达尔文进化学说的论文之一。文章追述进化论形成的历史，重点介绍黑格尔的种系发生学，认为个体发育重演了种系发育。进而说明进化论的提出并非达尔文的编造，是许多学者长期研究的结果。同时，鲁迅认为进化论不仅是一种学说，还是一种世界观，这种进化发展的观念，对于中国人特别重要，会影响到人们的人生态度。他提醒人们注意“中国抱残守缺之辈，闻新声而疾走”的情况，鲁迅渴望强大的科学力量，人类进化的法则，能够战胜这些陈腐的、阻碍祖国新生的力量。

1908年2月、3月的《河南》第2号、第3号上，连载了鲁迅的论文《摩罗诗力说》。这是鲁迅的第一篇文学论文。周作人在《鲁迅的青年时代》里说：

> (《摩罗诗力说》)这题目用白话来说，便是“恶魔派诗人的精神”，因为恶魔的文字不古，所以换用未经梁武帝改写的“摩罗”。英文原是“撒旦派”，乃是应该正宗诗人骂拜伦、雪莱等人的话，这里把它扩大了，主要的目的还是介绍别国的革命文人，凡是反抗权威，争取自由的文学便都包含在“摩罗诗力”的里边了。

鲁迅“举一切诗人中，凡立意在反抗，指归在动作，而为世所不甚愉悦者悉入之”，介绍欧洲那些最具有反抗精神和革命精神的浪漫主义诗人的生平和重要作品。这些诗人有英国的拜伦和雪莱，俄国的莱蒙托夫和普希金，波兰的密茨凯维奇、斯沃瓦茨基和克拉辛斯基，匈牙利的裴多菲。鲁迅非常赞赏这些诗人站在弱者的立场上，“力抗强者”，反抗旧势力，为社会进步和公正进行英勇的斗争。他觉得，中国的兴起，中国人要从精神委顿中振作起来，需要这样的具有“摩罗”性格的诗人。

在这篇文章的结尾部分，鲁迅还谈到了当时的现实，清政府的闭关锁国政策严重阻碍了中国的进步，仅仅只是派留学生去学习一些技术等，维新也只是空话。维新需要有介绍新文化的人，如果没有新文化的输入，那就等着第二次的维新吧。对此，鲁迅问道：“今索诸中国，为精神界之战士者安在？”其时，鲁迅已经准备好做一个“精神界之战士”了。

《河南》第 5 号杂志 1908 年 6 月出版，鲁迅在这期上发表了《科学史教篇》。文章介绍了欧洲科学发展史，用具体事实说明科学的发达与社会的发展和国家的兴衰有着密切的联系，分析了历史上科学发达与停滞的原因，阐述了科学进步在改造自然和推动社会发展所起的作用。通过对外国的科学发展的描述和对中国新党的批评，鲁迅提出了一个重要的问题，即：中国的社会变革，物质性的科学技术和精神性的思想文化，哪一个才是更重要的呢？当时的中国留学生都以学理工为主，很少有学文科和重视文科的，鲁迅办《新生》遇挫，即是一例。他用科学发展史的资料，说明了科学在人类社会发展中的伟大作用，但又反问，科学技术发展的推动力来自哪里呢？这些问题都是当时主张科学救国的人所没有想到的。鲁迅通过对科学发展史的回顾，发现科学的发展往往要靠一种“超科学”的力量去推动，这就是精神的力量。这种精神的力量包括道德、理想、爱国精神等。而鲁迅所重视的文学艺术，也是这精神之一。在文章的结尾，鲁迅还说，社会不仅需要牛顿、波义尔、达尔文、康德这样的人，也需要莎士比亚这样的诗人，拉斐尔这样的画家，贝多芬这样的音乐家和卡莱尔这样的历史学家。对于落后的中国人来说，一味追求物质，显然是舍本逐末。只学习西方的技术，却认为中国的传统文化完美无缺，这种改革注定不会成功，精神的改变才能促进科学和物质的进步。

《文化偏至论》发表在《河南》第 7 号上(1908 年 8 月出版)，同时发表的还有鲁迅翻译的《裴多菲诗论》。

《文化偏至论》的所谓“偏至”，是极致或极端。鲁迅认为，文化的发展包含在社会发展之中，其发展大体走的是“之”字型路线。“所谓世界不直进，常屈折如螺旋，大波小波，起伏万状，进退久之而达水裔，盖诚言哉。”一种文化发展到极端就会反向产生另一种文化，另一种文化发展到极端，又会反向产生一种更新的文化，“产生——走向极端——反向产生——再走向极端”，这就是文化偏至的含义。

在文章里，鲁迅阐述了中国文化的偏至、西方文化的偏至，并针对当前的中国形势，提出了“立人”的命题。

首先是中国文化发展的偏至。鲁迅先以同情、理解的态度，回顾了中国传统文化发展的偏至——妄自尊大，正是这种偏至，使得中国由盛转衰；接着又批评了中国近代文化发展中唯西是瞻的偏至——“言非同西方之理弗道，事非合西方之术弗行，剖击旧物，唯恐不力，曰将以革前缪而图富强也”。并且将那些唯西是瞻的“辁才小慧之徒”的种种维新言论一一批驳。“竞言武事”者，只知道学习西方的坚船利炮，却“近不知中国之情，远复不察欧美之实，以所拾尘芥，罗列人前”。在鲁迅看来，文明的标准并非是武力的胜负，真正的文明应当是“启人智，而开发其性灵”，重在“人智”和“性灵”。对“制造商估立宪国会”之说，鲁迅指出，这些主张的倡导者并非是出于诚心，而是势利。提倡制造商估者之所以受到人们的欢迎，是因为此种新说可以使提倡者既获得维新之名，又可以满足其私欲。对于昌言立宪国会者，鲁迅认为，其中比较好的，确实是为国家社稷着想，忙乱之中拿来别人的“绪余”——

“众治”，作为救国良方，但是结果却是“见异己者兴，必借众以陵寡，托言众治，压制犹烈于暴君”，这些言新者，其实并不知道自己拿来的是什么。而那些提倡者中，“至尤下者而居多数者，乃无过假是空名，遂其私欲”。这种唯西是瞻的态度也是一种文化发展的偏至，而且对于改变中国的现状没有什么帮助，甚或有害。

其次是西方文化发展的偏至。鲁迅认为，18 世纪之后，特别是 19 世纪以来，西方资本主义制度的确立，刺激了物质生产的发展，物质生产走向极致，便出现了两大特征：一是经济上所谓“物质文明之盛”，“乃有棉铁石炭之属，产生倍旧，应用多方，施之战斗，制造交通，无不越于往日，为汽车为电，咸听指挥，世界之情状顿更，人民之事业益利”。二是政治上的所谓“众数”专制，“一切权利，必悉公诸众人”，“凡俗习惯道德宗教趣味好尚言语暨其他为作，俱欲去上下贤不肖之闲，以大归于无差别，同是者是，独是者非。以多数临天下而暴独特者”。前者可以叫做物质主义，后者则可以叫做众数主义。即鲁迅所说“物质也，众数也”。

物质和众数是 19 世纪文明的主要方面，却是文明偏至发展的产物，因此，鲁迅在考察了西方的文明发展的之后，提出了“掊物质而张灵明，任个人而排众数”。

对于西方的物质主义和众数主义，鲁迅并不苟同。他的疑问是：“事若尽于物矣，而物质果足尽人生之本也耶？”“理若极于众庶矣，而众庶果足以极是非之端也耶？”

他所思考的是，难道一个人只要满足了口腹之欲，满足了吃喝住行之欲，无须精神解放、心灵自由，就幸福了吗？如果人类真能进入一个社会成员平等享有所有产品的社会，却存在这以“众数”名义打压个人（“以多数临天下而暴独特者”）的专制现象，那么，这个社会还是一种幸福的境界吗？

对此，鲁迅认为，纯粹的物质主义，并不能解决人的心灵解放问题、精神自由问题。纯粹的众数主义也并不能成为判断是非的基础，而众数主义却是一种非常危险的以多数人的意志来凌虐、压制个人的独立意志、自由意志的倾向，从根本上剥夺了并否定了个人之所以为人的最基本的权利——自由判断、自我选择、自己做主人。因而，鲁迅提出“掊物质而张灵明，任个人而排众数”，或曰“非物质”而“重个人”。“掊物质”即批判日益高涨的物质主义，“排众数”就是反对众数主义，提倡心灵自由，个人主义，尊重个人的权利和独立思考的自由。

在考察了西方文化发展的偏至即物质主义和众数主义后，又介绍了西方19世纪后期出现的新的思潮，就是“非物质”而“重个人”的发展演变。如施蒂纳、尼采、叔本华、易卜生、克尔凯郭尔等人的个人主义的思想。引入“意力主义”，作为“排众数”和“任个人”的方式，呼唤个性自由、精神解放，同时批判中国传统文化和现实社会中弥漫的物质主义和众数主义之风，也是批判中国的“洋务派”和“维新派”，这同鲁迅在《科学史教篇》中的批判是一致的。

文章的结尾，鲁迅提出了变革的希望，“取今复古，别立新宗，人生意义，致之深邃，则国人之自觉至，个性张，沙聚之邦，由是转为人国”。在这个变革——“取今复古，别立新宗”的基础上，鲁迅进一步提出了“立人”的命题：“是故将生存两间，角逐列国是务，其首在立人，人立而后凡事举；若其道术，乃必尊个性而张精神。”

《裴多菲诗论》是译自爱弥儿·赖息的《匈牙利文学论》的第27章，经周作人口译，鲁迅笔述的。译文分上下两部分，上部发表于《河南》第7号上，但下部还没有刊登，《河南》杂志就被查封了。

1908年12月的《河南》第8号上，鲁迅发表了《破恶声论》，也是上半部分。

鲁迅做这篇文章时，已经从章太炎先生学习《说文解字》了，因此，这篇文章受章太炎的影响很大。文章本要将当时的两类六种恶声分别批驳的，即破迷信、崇侵略、尽义务、同文字、弃祖国、尚齐一。而文章只完成了对破迷信和崇侵略的批驳，同时，也对国民性中的弱点进行了批判。主张尊个性而张精神，破除“恶声”，从而达到“立人”的目的。

鲁迅的这五篇论文中，显示了一个共同的主题——“立人”，即“剖物质而张灵明，任个人而排众数”。与之相伴随的是对当时国内思想的批判。《人之历史》显示了鲁迅关注的中心从科学转到“人”；《科学史教篇》说明了在科学的发展中，最为重要的是科学的精神也就是人的精神；《文化偏至论》警告国人，不要重物质而轻精神和提倡众数主义，而应该尊个性而张精神；《摩罗诗力说》指出文艺是“立人”的当务之急，并以摩罗精神为归依；《破恶声论》则对当前言论中的偏颇之处，予以纠正，重点仍在“立人”。

1908年在“伍舍”居住的时候，鲁迅有机会师从章太炎学习。章太炎是一名大学者，又是一位反清的斗士。对于革命家章太炎,鲁迅更是敬佩。最早知道章太炎是因为他写的《驳康有为论革命书》和为邹容的《革命军》作的序。1906 年章太炎出狱后,到东京担任《民报》主笔,那些论战性的文章让鲁迅神往。在编报之余,章太炎还办国学讲习会,当时的留学生前往听讲的颇多。鲁迅和许寿裳都很想去听,许寿裳因时间与上课冲突,鲁迅则是觉得大班太杂,便托龚未生询问章太炎,是否可以另外开一小班。龚未生是先生的女婿,以前常和陶成章去鲁迅寓所谈论的。章太炎答应了,时间定在星期日的上午,地点就在民报社,用的书是《说文解字》。前往听讲者共有 8 人,除鲁迅外,还有许寿裳、朱希祖、钱家治、钱玄同、朱宗莱、龚未生、周作人。章太炎对于阔人要发脾气,可是对学生却极好,随便谈笑,同家人朋友一样,笑嘻嘻地讲书,庄谐杂出。鲁迅说"先生的音容笑貌,还在目前,而所讲的《说文解字》,却一句也不记得了"。

这时期,鲁迅除了给《河南》杂志写稿以外,还和周作人一起翻译小说。1908 年末,鲁迅和许寿裳的朋友蒋抑卮到东京来治病,蒋知道鲁迅兄弟有翻译小说的打算,很愿意帮忙,垫付印刷费。鲁迅兄弟便开始翻译工作,预备先印两集,等卖回本钱后,继续编印下去。

1909年3月,《域外小说集》第1集出版,书名是陈师曾题写,扉页上署名是“会稽周氏兄弟纂译”,印行1000册。7月,《域外小说集》第2集出版,印行500册。两集共收小说16篇,鲁迅翻译了3篇即安德烈耶夫的《谩》和《默》,迦尔洵的《四日》,其余都是周作人翻译的。寄售的地方是上海和东京,半年后去结账,东京和上海都只卖出去20多册。第3集自然是无法再印了。周作人后来称《域外小说集》是《新生》乙编,算上给《河南》杂志写的《新生》甲编,鲁迅办《新生》的初衷也算是实现了。

三、中年鲁迅

1. 家乡任教

1906年4月，鲁迅的好友许寿裳回国，担任浙江两级师范学堂的教务长。其时，周作人还没有毕业，已经和羽太信子结婚了，仅靠留学费用，已经很难维持生活了。鲁迅为了资助周作人完成学业，便准备回国，托许寿裳代为谋职。许寿裳即向学堂的监督沈钧儒推荐鲁迅，沈钧儒表示欢迎。

1909年8月，鲁迅回到了浙江。回国遇到的第一个麻烦是辫子问题。鲁迅不想和别的留学生一样，装一条假辫子应付，但这得到的待遇可就很不同了。

我从前是只以为访友作客，才会有

待遇的，这时才明白路上也一样的一路有待遇。最好的是呆看，但大抵是冷笑，恶骂。小则说是偷了人家的女人，因为那时捉住奸夫，总是首先剪去他的辫子的，我至今还不明白为什么；大则指为“里通外国”，就是现在之所谓“汉奸”。

好在不久就开学了，鲁迅担任浙江两级师范学堂的生理学和化学老师，兼任生物学日本教师的翻译。这个学校是仿照日本的学校建的，也聘请了一些日本教员，其他的老师也大多是留学归来的，有一些民主的气氛。在这里，即便没有辫子，也不会受到特别的待遇。

尽管教师这份职业和他的文艺事业有距离，但是，这和他希望从精神上改变国人的想法是一致的。鲁迅很认真地备课、上课，编写讲义，在生理卫生的讲义里，鲁迅画了很多的插图。他还翻译外文资料，把最新的知识讲给学生听。他白天几乎都在实验室和教室度过，晚上又忙于写讲义和批改作业。但他还是挤出了一些时间研究文学，晚上看书到深夜。当时的同事夏丏尊说，鲁迅是同事中最会熬夜的一个。

这样安静了几个月之后，这学期将近结束的时候，学校里忽然闹起了风潮。起因是学堂监督易人，原任监督沈钧儒当选为浙江省谘仪局副议长，浙江抚台衙门派夏震武来接任学堂监督。这新来的监督是一个官僚，反对新学，维护旧的秩序。上任的第一天，就要求监学许寿裳陪他一起去“谒圣”，许寿裳说开学已经拜过了，夏震武很不高兴。接着，夏震武大摆监督的架子，以前新任监督到校，都是亲自拜见各位教师，夏震武只是差人给每位教师送了一张名片，通知所有的教师到礼堂见面，并要求按官场礼节，按品级穿戴礼服，全副顶戴。老师们都是受新思想影响，在外国留学回来的，对于那一套陈腐的礼仪规矩，早就不放在眼里了。夏震武如此要求，令全体老师都非常气愤。第二天，夏震武果然全副顶戴到了学校的礼堂，而老师都是便服、短发。他开口就说，“你们这个师范学堂办得很不好”。教师们哄然而起，纷纷责问“为什么办得不好”“哪里办得不好”，有的人还骂他是“假道学”“假孝子”“老顽固”。夏震武一看气势不好，便夺门而去。后又要求许寿裳辞职，这更坚定了大家的斗志，大家便议决一同罢教。这教师一走，夏震武也慌了，却不肯辞职。僵局持续了约半个月，各地的教师也纷纷声援，上海的报纸也连续报道。最终，夏震武不得不辞职。杭州俗语把木头木脑不懂事情的顽固人称为“木瓜”，老师们也把夏震武称为“夏木瓜”，这次的风潮便被称为“木瓜之役”。斗争胜利以后，教师们还在借住的湖州会馆召开了“木瓜纪念会”。但许寿裳最终还是辞职去了日本，第二年的夏天，鲁迅也辞职回家了。

1910年9月，鲁迅接受绍兴府中学堂监督杜海生的邀请，担任博物学教员。不久，又被聘为监学。鲁迅讲课认真，很受学生的欢迎，学生中如宋紫佩、孙伏园等后来都是他的好友。他还组织学生去南京参观了南京劝业会，去看看外面的世界。当时很多绍兴人都没有出过远门，不要说没见过轮船火车，连电灯、煤气灯都没有见过，因此，这次的南京之行，同学们满载而归。

1911年5月，鲁迅再次去日本，不是留学，也不是访友，而是去接回周作人及其家眷。当时，鲁迅收入不多，只够家用，家中只好卖田，供周作人继续读书。但是等到田地也已经卖完，连公田也卖完了，只好催促周作人回国。

夏天的时候，因时局不稳，鲁迅也辞去了绍兴中学堂的职务，在家里静观其变，同时做了一些古文学的校对、辑录工作。

1911 年 10 月 10 日，武昌起义成功，辛亥革命开始了，各省纷纷响应。不久，杭州也宣告光复了。11 月 4 日，当杭州光复的消息传到绍兴时，绍兴便也光复了，但却没有多少变化，军政府还是那几个旧乡绅，铁路股东是行政司长，钱店掌柜是军械司长……

这个军政府只存在了几天，11 月 10 日，王金发带兵从杭州来了，宣布成立绍兴军政分府。鲁迅被任命为绍兴初级师范学校校长，鲁迅的同学、好友范爱农为监学。同时，鲁迅还是《越铎日报》的发起人。在《〈越铎〉出世辞》里，鲁迅说报纸的宗旨是“促共和之进行，尺政治之得失，发社会之蒙覆，振勇毅之精神”。绍兴军政府成立后，也并不见得比旧乡绅组成的军政府好多少。鲁迅在《范爱农》一文中说：“他（王金发）进来以后，也就被许多闲汉和新进的革命党所包围，大做王都督。在衙门里的人物，穿布衣来的，不上十天也大概换上皮袍子了，天气还并不冷。”《越铎日报》便发了很多骂人的文章，有骂都督的，有骂军政府的。后来，王金发表示要资助《越铎日报》，送来 500 元，但报纸仍旧骂个不停。军政府便传来消息说，要杀鲁迅。鲁迅很无奈，只能辞职了。

大约就是这时候，鲁迅创作了他的第一篇小说《怀旧》，后来发表在《小说月报》1913 年 1 月号上。这是一篇文言小说，以辛亥革命为背景，描述了各种不同人物在面对这样的历史性变动时的不同心理。以一个学童的眼光，真实地观看周围所发生一切，揭露了中国社会关系在动荡中的微妙变化。在这篇小说里，鲁迅的讽刺才能得到了初步的显现。然而，辛亥革命后，天下还是金耀宗、秃先生的天下，这让鲁迅非常失望。

从师范学校辞职后，鲁迅曾经想去上海一家书店做编辑，但这时候，许寿裳从南京来信，说临时政府的教育总长蔡元培，聘请他到教育部工作。鲁迅立即前往南京了。

2. 困居铁屋

1912 年 2 月，鲁迅前往南京。同年 4 月，南京临时政府迁往北京，鲁迅随政府北上。他于 5 月 5 日到达北京，住在宣武门外南半截胡同绍兴县馆内的藤花馆。5 月 10 日，开始到教育部上班，被任命为社会教育司第一科科长，主管图书馆、博物馆、美术馆等事项。8 月，被任命为教育部佥事。

从 1912 年 5 月到 1926 年 8 月，鲁迅在教育部工作了 14 年。在这期间，北洋政府教育部换过 38 次总长,24 次次长。人事的更迭,使得大多数部员也无法安心工作。

尽管形势不好,但是鲁迅对工作非常负责。他到天津去考察新剧,去选择开辟公园的地址,去视察国子监及学宫的古文物,主持筹备全国儿童艺术展览会,参与筹建图书馆的工作,为筹办历史博物馆,他捐出个人收藏的文物。有一次,历史博物馆把借给莱比锡展览会的藏品送至教育部,鲁迅还亲自为之守夜,“不眠至晓”。

蔡元培提出“以美育代宗教”的主张,并希望鲁迅做一些工作,鲁迅写了《拟播布美术意见书》,向读者介绍一些有关美术的常识,还提出了主管机关在这方面应有的设施,包括设立美术馆、奏乐堂、保护古建筑和文物等等事项。他按时到夏期讲演会去演说《美术略论》。有一次正逢大雨,他冒雨前往,而听众却为雨所阻,一个也没有来。

教育部的事并不多,职员们上班都无事可做,有的品茶,有的抽烟,有的读着佛经,有的对着堆积如山的案卷出神,有的用拂尘有节奏地掸着自己身上的灰尘,彼此都在百无聊赖中消磨一天的时光。鲁迅到教育部上班的第一天,就在日记写道:“晨九时至下午四时半至部视事，枯坐终日，极无聊赖。”想到一天的光阴又白白浪费掉，鲁迅仿佛感到自己的生命中遗失了什么珍贵的东西，心里有着说不出的空虚和惆怅。

经过了绍兴的《越铎日报》事件以后，鲁迅对于革命已经失望了。在他看来，这场革命不过是打倒了一个皇帝，割掉了一条辫子而已。尤其是革命派对袁世凯的妥协，更加坚定了鲁迅的看法。在教育部，一批前清旧学部的人员渗透了进来，连新任次长也是清末学部的参事官。对于革命，鲁迅已经绝望了。但是，就在他到北京的第二个月，竟有新拼凑起来的“共和党”来拉他入党，头一天共和党的事务所给鲁迅发来一封信，第二天便强加于人地寄来党证和党徽。辛亥革命后，章太炎领导的光复会，与孙中山领导的同盟会分裂，另行组织了“中华民国联合会”，后来又与立宪派张謇等人联合起来成立了“统一党”。1912 年初，该党又与“民社”“国民促进会”“民国公会”等共同成立了以黎元洪、章太炎、张謇为首领的“共和党”。对于这种政党活动，鲁迅早就不相信了，根本不予理睬。

鲁迅不想在办公室终日枯坐，浪费时间。为了排遣忧郁和沉闷，鲁迅开始辑录和校勘古书。每天夜晚，在藤花馆里，他伴着昏黄的灯光，不停地抄写着，校勘着，身外的一切：星光，树木，闹市，人群，青翠的草，飘香的花，仿佛根本不存在。就这样，在北京的半年多时间里，他先后辑录了《谢承后汉书》8卷，虞世南《史论》《虞世南诗》等，还从《沈下贤集》中抄录了《湘中怨辞》《秦梦记》等传奇故事，并继续纂辑了《唐宋传奇集》，校录了《嵇康集》，辑录了虞预的《晋书》，补写了《石屏集》。

鲁迅特别喜欢《嵇康集》，采用了多种版本反复校勘。许寿裳说："自民二以后，我常常见鲁迅伏案校书，单是一部《嵇康集》，不知校过多少遍，参照诸本，不厌精详，所以成为校勘最善之书。"鲁迅自己在《嵇康集·跋》中也说："中散遗文，世间已无更善于此者矣。"嵇康身处魏晋之交的乱世，最终惨遭杀害。鲁迅在校勘《嵇康集》中，排遣的是自己心灵深处的苦闷。

鲁迅来北京不久，就接到好友范爱农的信，绍兴的军政府和南京临时政府一样，落入了旧势力的手中，范爱农的处境很是艰难。1912年7月19日，鲁迅接到家信，说范爱农溺水而死。鲁迅悲痛不已，认为范爱农可能是自杀，并在绍兴的《民兴日报》上发了3首悼诗。此时，全国的形势都很严峻，又何独是绍兴呢。

1913年3月20日，国民党代理理事长宋教仁被暗杀，接着，国民党人李烈钧、胡汉民、柏文蔚担任的江西、广东、安徽三省都督的职务被罢免了。孙中山和黄兴发动"二次革命"，起兵讨袁，不久即告失败。孙中山、黄兴逃亡日本。1914 年 2 月，袁世凯又囚禁了章太炎。1915 年，袁世凯决定称帝，他叫杨度等"六君子"组织的"筹安会"为之鼓吹，宣布次年改元为洪宪元年。

这时，袁世凯为复辟帝制做准备，大杀革命党人，实行特务统治。鲁迅在《〈杀错了人〉异议》一文中这样描写了当时的政治形势：

> 北京城里，连饭店客栈中，都布满了侦探；还有"军政执法处"，只见受了嫌疑而被捕的青年送进去，却从不见他们活着走出来；还有，《政府公报》上，是天天看见党人脱党的广告，说是先前为友人所拉，误入该党，现在自知迷谬，从此脱离，要洗心革面的做好人了。

鲁迅是想把自己埋在故纸堆里，抄录古碑，这样对现实的失望可能会少一些，还能远祸全身。周作人在《鲁迅的故家·抄碑的目的》这一节中回忆说：

洪宪帝制活动时，袁世凯的特务如陆建章的军警执法处大概继承的是东厂的统系，也着实可怕，由它抓去失踪的人至今无可计算。北京文官大小一律受到注意，生恐他们反对或表示不服，以此人人设法逃避耳目，大约只要有一种嗜好，重的嫖赌蓄妾，轻则玩古董书画，也就多少可以放心，如蔡松坡之于小凤仙，是有名的例。教育部里鲁迅的一班朋友如许寿裳等如何办法，我是不得而知，但他们打马将总是在行的，那么即此也已可以及格了，鲁迅却连大湖（亦称挖花）都不会，只好假装玩玩古董，又买不起金石品，便限于纸片，收集些石刻拓本来看。单拿拓本来看，也不能敷衍漫长的岁月，又不能有这些钱去每天买一张，于是动手来抄，这样一块汉碑的文字有时候可供半个月的抄写，这是很合算的事。

鲁迅在校勘古籍抄录古碑以外，还阅读佛经。从1914年4月中旬起，鲁迅一本接一本地阅读佛学书籍。一年中，他读了《三教乎心论》《释迦如来应化事迹》《华严经决疑论》《大乘法界无差别论疏》《金刚经心经略疏》《大乘起信论梁津》《瑜伽师地论》《阅藏知律》《唐高僧传》《阿育王经》等佛教经典，并校录了《法显传》《出三藏记集》等。他不但自己阅读，还常常与住在绍兴的周作人互相交流这类书籍。

为庆祝母亲60寿辰，这年9月，他还捐资刻印《百喻经》上下卷40部，于1915年1月，由金陵刻经处印成。《百喻经》是印度僧人伽斯那所撰，南朝萧齐时译成古汉语。原出自印度大乘佛教，实际上是98则佛经中的譬喻故事。1926年王品青对此书加以标点铅字印行时，用它梵文的原名，叫做《痴华鬘》。鲁迅还为它写了一篇题记。鲁迅觉得《百喻经》与《伊索寓言》相近，译笔又好，可供翻译外国文学时借鉴。此外，佛家因明学中含有逻辑的思想方法，某些部分确实能启发人们思考。因此鲁迅读了这些佛教书籍之后，兴奋地对许寿裳说："释伽牟尼真是大哲，我平常对人生有许多难以解决的问题，而他居然大部分早已明白了，真是大哲！"这时他对于尘世的一切厌烦到了极点，尽管从这些书中感到一种哲理上的慰藉，但他并非从根本上去信仰这种虚幻的宗教。随着岁月的推移，他逐步从故纸堆中解脱出来而去迎接新时代，就对佛教的认识有了改变。他后来曾对许寿裳说："佛教和孔教一样，都已经死亡，永远不会复活了。"五四运动时期，他指出儒、道、释“三教同源”，金人玉佛与孔家店一样，都是科学之敌，也都属于应当踏倒的欺人的偶像。

1915 年至 1916 年，鲁迅又开始研究造像、画像、拓本、墓志、壁画、金石、瓦当文字等。只要有时间，鲁迅就和许寿裳等一起去逛琉璃厂，搜集各种资料。仅在 1915 年，他就搜集了《射阳门画像拓本》、《武氏祠堂画像并题记拓本》等数十种。

1916 年袁世凯称帝失败之后，于 6 月死去。到了 1917 年 7 月，张勋又演出了复辟的闹剧。鲁迅实在忍无可忍，7 月 3 日，他与同事道别，直到闹剧结束，才回到教育部上班。

辛亥革命以后中国混乱黑暗的政治局势，使鲁迅陷入到深刻的绝望之中。他后来说：“见过辛亥革命，见过二次革命，见过袁世凯称帝，张勋复辟，看来看去，就看得怀疑起来，于是失望，颓唐得很了。”周作人在《鲁迅的故家 · 俟堂与陈师曾》一文中说：“洪宪发作以前，北京空气恶劣，知识阶级多已预感危险，鲁迅那时自号俟堂，本来也就是古人的待死堂的意思。”

但是，绝望之中往往孕育着希望。1915 年以后，国内外的形势发生了巨大的变化。1915 年 9 月 15 日，陈独秀在上海创办《青年杂志》，1916 年更名为《新青年》。陈独秀以读者通信的方式说明了杂志的宗旨："盖改造青年之思想，辅导青年之修养，为本志之天职。批评时政，非其旨也。国人思想倘未有根本之觉悟，直无非难执政之理由。年来政象所趋，无一非遵守中国之法，先王之教。以保存国粹而受非难，难乎其为政府矣！"

1916 年 12 月，蔡元培被任命为北京大学校长。北京大学的前身是戊戌变法那一年(1898 年)办起来的京师大学堂。经过蔡元培的整顿，这所暮气沉沉的学校成为了名副其实的最高学府。他"循思想自由原则，取兼容并包主义"，请陈独秀来校担任文科学长，先后聘来在文科任教的，既有留学归来的胡适、钱玄同、李大钊、黄侃(季刚)、朱希祖、刘半农等人，也有拖着辫子的辜鸿铭，筹安会"六君子"之一的刘师培。校园里学术自由的风气也日渐浓厚起来。与此同时，《新青年》杂志也随陈独秀迁往北京。

当时还在美国留学的胡适，在《新青年》第 2 卷第 5 号上，发表了《文学改良刍议》，文中推崇白话文，并说"吾每谓今日之文学，其足与世界第一流文学比较而无愧色者，独有白话小说(我佛山人、南亭亭长、洪都百炼生三人而已)"，"以今世历史进化的眼光观之，则

白话文学之为中国文学之正宗,又为将来文学必用之利器,可断言也”,提出文学改良:

吾以为今日而言文学改良,须从八事入手。八事者何?

一曰:须言之有物。二曰:不摹仿古人。三曰:须讲求文法。四曰:不作无病之呻吟。五曰:务去滥调套语。六曰:不用典。七曰:不讲对仗。八曰:不避俗字俗语。

但陈独秀却觉得改良的说法过于温和,在下一期的《新青年》杂志上,提出《文学革命论》。文章提出:“三大主义:曰,推倒雕琢的阿谀的贵族文学,建设平易的抒情的国民文学;曰,推倒陈腐的铺张的古典文学,建设新鲜的立诚的写实文学;曰,推倒迂晦的艰涩的山林文学,建设明了的通俗的社会文学。”正式揭起文学革命的大旗。

在国外形势方面,1917 年 3 月的俄国革命推翻了专制的沙皇,紧接着的十月革命建立了苏维埃共和国。这对于热切希望中国有所变革的激进的知识分子有很大的吸引力。李大钊在《新青年》第 5 卷第 5 号上发表了《庶民的胜利》和《Bolshevism 的胜利》两篇文章，指出："1917 年的俄国革命，是 20 世纪中世界革命的先声"，"试看将来的环球，必是赤旗的世界！"

鲁迅对于这些文化启蒙运动，开始却并无多大的热情。《新青年》所宣传的思想和当年他在日本要办《新生》的时候的想法其实是一致的，但鲁迅在《河南》杂志上的文章和翻译的《域外小说集》都没有引起什么反响，这使他感到悲哀，感到无边的寂寞。辛亥革命后，时局混乱，鲁迅对于陈独秀他们此时提倡的新文化，很是怀疑。

当陈独秀竖起"文学革命"的大旗时，应者寥寥，《新青年》也因销路问题几近停刊。当时旧文化中的代表人物如严复曾说，不过是"春鸟秋虫，听其自鸣自止可尔"。为了不至于太寂寞，《新青年》的编辑钱玄同和刘半农便合演了一出双簧戏，钱玄同化名为王敬轩，把社会上反对新文化运动的种种论调集中起来，模仿复古派的口吻，给《新青年》编辑部写了一封信，刘半农写了一封针锋相对痛加批驳的回信。两封信同时发表在 1918 年 3 月出版的《新青年》第 4 卷第 3 号上。

钱玄同是和鲁迅、周作人一起在东京听章太炎讲学的，他是知道鲁迅早年在东京的文艺活动的，便来邀请鲁迅兄弟给《新青年》写稿。钱玄同后来在《我对周豫才(即鲁迅)君之追忆与略评》一文中回忆说：

> 民国六年，蔡孑民(元培)先生任北京大学校长……我认为周氏兄弟的思想，是国内数一数二的，所以竭力怂恿他们给《新青年》写文章。民国七年一月起，就有启明的文章，那是《新青年》第4卷第1号，接着第2、3、4诸号都有启明的文章。但豫才则尚无文章送来，我常常到绍兴会馆去催促，于是他的《狂人日记》小说居然做成而登在第4卷第5号里了。

对于钱玄同的邀约，周作人很快就写好了，鲁迅却很是迟疑了一些日子。鲁迅那时正埋头抄录古碑，读佛经，辑录古书。在《〈呐喊〉自序》里，鲁迅记下了他和钱玄同的对话：

> “你钞了这些有什么用？”有一夜，他翻着我那古碑的钞本，发了研究的质问了。
>
> “没有什么用。”
>
> “那么，你钞他是什么意思呢？”

“没有什么意思。”

“我想，你可以做点文章……”

我懂得他的意思了。他们正办《新青年》，然而那时仿佛不特没有人来赞同，并且也还没有人来反对，我想，他们许是感到寂寞了，但是说：

“假如一间铁屋子，是绝无窗户而万难破毁的，里面有许多熟睡的人们，不久都要闷死了，然而是从昏睡入死灭，并不感到就死的悲哀。现在你大嚷起来，惊起了较为清醒的几个人，使这不幸的少数者来受无可挽救的临终的苦楚，你倒以为对得起他们么？”

“然而几个人既然起来，你不能说决没有毁坏这铁屋的希望。”

是的，我虽然自有我的确信，然而说到希望，却是不能抹杀的，因为希望是在于将来，决不能以我之必无的证明，来折服了他之所谓可有，于是我终于答应他也做文章了，这便是最初的一篇《狂人日记》。

3. 呐喊

1918 年 5 月，在《新青年》第 4 卷第 5 号上，鲁迅发表了小说《狂人日记》。小说由13则日记组成，文言的序和白话的正文形成对比，用象征的手法，描写一个迫害狂患者的思想活动，控诉了几千年来中国吃人的家族制度和礼教。

> 古来时常吃人，我也还记得，可是不甚清楚。我翻开历史一查，这历史没有年代，歪歪斜斜的每叶上都写着“仁义道德”几个字。我横竖睡不着，仔细看了半夜，才从字缝里看出字来，满本都写着两个字是“吃人”！

鲁迅以为，既然要让铁屋子里的人清醒过来，就要让他们远离“吃人”的宴席。只是，没有人知道我们也都是宴席的享用者。“我未必无意之中，不吃了我妹子的几片肉。”鲁迅在致许寿裳的信中谈到了这篇小说：

> 《狂人日记》实为拙作……前曾言中国根柢全在道教，此说近颇广行。以此读史，有多种问题可以迎刃而解。后以偶阅《通鉴》，乃悟中国人尚是食人民族，因成此篇。此种发见，关系亦甚大，而知者尚寥寥也。

小说最后表达了鲁迅的希望：

你们可以改了，从真心改起！要晓得将来容不得吃人的人，活在世上。

没有吃过人的孩子，或者还有？救救孩子……

《狂人日记》发表的时候，第一次用了"鲁迅"这个笔名。小说无论从形式上，还是思想内容上，都是文学革命的一大收获，所谓"表现的深切和格式的特别"，代表了文学革命的实绩。许多青年读者都受了这篇小说的影响。

《狂人日记》发表之后，鲁迅"便一发而不可收"，除小说外，又开始写散文、随笔和诗歌。

1922年，鲁迅整理出版了第一本小说集《呐喊》，在《〈呐喊〉自序》里，鲁迅说：

在我自己，本以为现在是已经并非一个切迫而不能已于言的人了，但或者也还未能忘怀于当日自己的寂寞的悲哀罢，所以有时候仍不免呐喊几声，聊以慰藉那在寂寞里奔驰的猛士，使他不惮于前驱。至于我的喊声是勇猛或是悲哀，是可憎或是可笑，那倒是不暇顾及的；但既然是呐喊，则当然须听将令的了。

《呐喊》共收小说14篇，写于1918年至1922年之间，分别是《故乡》《社戏》《风波》《狂人日记》《端午节》《药》《明天》《白光》《孔乙己》《头发的故事》《阿Q正传》《兔和猫》《鸭的喜剧》《一件小事》。

《孔乙己》作于1918年冬，发于1919年4月《新青年》第6卷第4号，小说通过一个少年人(酒店学徒)的眼睛，来看一个不幸的读书人的境遇。“孔乙己原来也读过书，但终于没有进学，又不会营生；于是愈过愈穷，弄到将要讨饭了。”幸而写得一手好字，便替人家抄书，换碗饭吃。

“孔乙己是站着喝酒而穿长衫的唯一的人”，这个细节，把孔乙己的境遇写出来了。这件“又脏又破，似乎十多年没有补，也没有洗”的长衫，表明他是“士”人一类。可是他这样穷困，已经不能“踱进店面隔壁的房子里，要酒要菜，慢慢地坐喝”，只能同那短衣帮一起，站在柜台边上喝上一杯。

他是别人取笑的对象，回应这些取笑的时候，他满嘴“之乎者也”，“在这时候，众人也都哄笑起来：店内外充满了快活的空气”。孔乙己尽管已经不能坐着喝酒了，却还要保留自己读书人的身份，尽管他已经沦落到站着喝酒，却也要和“短衣帮”拉开距离。孔乙己成为一个社会的零余者，他也希望能获得同情，他教小伙计写字，给孩子分茴香豆吃。“孔乙己是这样的使人快活，可是没有他，别人也这么过。”他不过是一个可有可无的逗笑的人，只有老板还记得孔乙己欠着酒钱。

孔乙己是科举制度的牺牲者。科举取士，作为一种制度来说，在历史上是起过积极作用的，比起魏晋南北朝时期的九品中正制要公平得多。但读书人如果不能通过科举考试，便很难找到自己的位置。

鲁迅是怀着悲悯和同情的心情来写孔乙己的。写他受到社会的迫害，真活不下去了，可是依然艰难地挣扎着，依然保持着自尊和自爱之心。

孙伏园曾问鲁迅，在他所作的短篇小说里，他最喜欢哪一篇，鲁迅答复说是《孔乙己》。后来鲁迅先生亲自将《孔乙己》译成日文。

《药》发表于 1919 年 5 月《新青年》第 6 卷第 5 号。小说描写辛亥革命前夕，善良愚昧的华老栓，拿多年辛苦积攒的钱，到刑场去换人血馒头，给患痨病的儿子小栓治病。革命者夏瑜被亲人出卖，关在监狱里，将要被杀头。

小说以人血馒头将茶馆里的场景与夏瑜的革命活动联系起来。通过茶馆里的闲人们的议论来讲述革命者的英勇和人民的不觉醒，夏瑜在这样的环境下从事革命活动，辛亥革命又怎么能成功呢。

尽管鲁迅在小说的结尾给夏瑜的坟上加上了花圈，但鲁迅是悲观的。辛亥革命的不彻底，在《头发的故事》里表现得更为明显。

N先生是参加过革命斗争的，所以一提起辛亥革命，他就坐立不稳了，“多少故人的脸，都浮在我眼前。几个少年辛苦奔走了十多年，暗地里一颗弹丸要了他的性命；几个少年一击不中，在监牢里身受一个多月的苦刑；几个少年怀着远志，忽然踪影全无，连尸首也不知那里去了”。“他们都在社会的冷笑恶骂迫害倾陷里过了一生；现在他们的坟墓也早在忘却里渐渐平塌下去了。”“他们忘却了纪念，纪念也忘却了他们！”对于N来说，革命只革掉了一条辫子，他最得意的是，“自从第一个双十节以后，我在路上走，不再被人笑骂了”。而实际上，连辫子也没有革掉，“现在不是已经有剪掉头发的女人，因此考不进学校去，或者被学校除了名么?”

辫子问题,在《风波》一文也有表现。民国已经建立了多年,但是在偏僻的乡村,连辫子也没有革掉,只有开航船经常进城的七斤被人剪去了辫子。等到闹复辟的时候,那些遗老们闻风而动,赵七爷穿上轻易不穿的竹布长衫,说“没有辫子,该当何罪,书上一条一条明明白白写着的”。妻子也对七斤失去了敬意,当众辱骂。等到复辟的风声一过,赵七爷脱下了长衫,盘起来辫子,七斤嫂和村人们又都相当尊敬七斤了。时代给这里留下了些什么,又什么都没留下。

1919 年的 8 月,鲁迅卖了绍兴的老房子,和周作人合买了北京西直门内公用库八道湾 11 号的房子。12 月 1 日,鲁迅回绍兴,24 日,他陪着母亲,朱安,还有周建人一家,前往北京。以这次回乡为背景,鲁迅写了《故乡》。

在《故乡》里,鲁迅以他童年的好友为原型,塑造了闰土这个形象。少年时代的朋友,如今竟然叫我“老爷”,“多子、饥荒、苛捐、兵、匪、官、绅,都苦得他像一个木偶人了”。于是,鲁迅希望下一代“不再像我,又大家隔膜起来”。

鲁迅对于闰土,是“哀其不幸,怒气不争”,这触及到了他早年曾经思考过的问题——国民性问题。这么多年,鲁迅从未间断过思考国民性的问题。这种思考,在《阿Q正传》里表现得最为充分。

《阿Q正传》于1921年12月4日开始在《晨报·副刊》连载,署名巴人。小说描写的时间是辛亥革命前后,地点在江南的未庄,主人公名为阿Q。"阿Q没有家,住在未庄的土谷祠里;也没有固定的职业,只给人家做短工。"虽然是一个破了产的雇农,但他"真能做,割麦便割麦,舂米便舂米,撑船便撑船"。他卖力地工作,却受尽了豪绅恶霸直到地保的欺凌、剥削和压迫,甚至连最后的布衫和棉被都被讹诈去了,弄得他剩下的全部财产只是一条万万不可再剥掉的裤子。他没有生路,做了窃贼。辛亥革命的风声传来,他看到了赵太爷他们对革命的恐惧,感到这也许是改善自己处境的一个机会。"'革命也好罢,'阿Q想,'革这伙妈妈的命,太可恶!太可恨!……便是我,也要投降革命党了。'"他并不知道革命是怎么回事,只是觉得革命后,未庄人都是他的俘虏,都用了惊惧的眼光看他,"这一种可怜的眼光,是阿Q从来没有见过的,一见之下,又使他舒服得如六月里喝了雪水"。

小说以阿Q的遭遇反映了辛亥革命的不成功。阿

Q只是希望改变自己的处境，不再被欺压，当他满怀希望前来投降革命党的时候，革命党假洋鬼子却不准他革命。因为革命之后的新政权“知县大老爷还是原官，不过改称了什么，而且举人老爷也做了什么……官，带兵的也还是先前的老把总”。阿Q，也被这个革命政权为了示众的需要，诬为盗匪枪毙了。这不是阿Q一个人的悲剧，是历史的悲剧。

即使阿Q革命成功了，也不过是阿Q做了假洋鬼子和举人老爷革命后做的事罢了。“这时未庄的一伙鸟男女才好笑哩，跪下叫道，‘阿Q，饶命！’谁听他！第一个该死的是小D和赵太爷，还有秀才，还有假洋鬼子……留几条么？王胡本来还可留，但也不要了。……秀才娘子的一张宁式床先搬到土谷祠，此外便摆了钱家的桌椅，——或者也就用赵家的罢。自己是不动手的了，叫小D来搬，要搬得快，搬得不快打嘴巴。……赵司晨的妹子真丑。邹七嫂的女儿过几年再说。假洋鬼子的老婆会和没有辫子的男人睡觉，吓，不是好东西！秀才的老婆是眼胞上有疤的。……吴妈长久不见了，不知道在那里，——可惜脚太大。”尽管这还只是阿Q躺在土谷祠里的一个梦，但又何尝不是革命后的真实情况呢。

鲁迅在1926年写的《〈阿Q正传〉的成因》一文中说："此后倘再有改革，我相信还会有阿Q似的革命党出现。我也很愿意如人们所说，我只写出了现在以前的或一时期，但我还恐怕我所看见的并非现代的前身，而是其后，或者竟是二三十年之后。"正像阿Q临刑前说的"过了20年又是一个……"

阿Q最大的性格特征是"精神胜利法"，他把所有的失败都解释为自己的"胜利"。他是这样的穷困，可是他说，"我们先前——比你阔得多啦！"或者说，"我的儿子会阔得多啦！"他被人打了，就想："我总算被儿子打了，现在的世界真不像样。"连自轻自贱也是精神胜利法的武器。欺负他的人在打他之前，让他先说是"人打畜牲"，以防止他说"儿子打老子"，阿Q只好说："打虫豸，好不好，我是虫豸——还不放么？"他认为自己是天下第一个能自轻自贱的人。但除了"自轻自贱"之外，余下的就是"第一个"。状元不也是第一个么？于是，他又久久陶醉于"第一名"的优胜之中了。

阿Q还忌讳缺点。他头上有癞疮疖，就忌讳别人说癞，甚至连"光""亮""灯""烛"都忌讳。有人拿他的生理缺陷取笑，他便说"你还不配"，似乎他头上的癞疮疖是一种光荣的标志了。临刑时，他不会写名字，要画一个圈,阿 Q 没有画圆,他很是懊丧,“但不多时也就释然了,他想:孙子才画得很圆的圆圈呢”。

鲁迅在《俄文译本〈阿 Q 正传〉序》中说这部小说是要“写出一个现代的我们国人的魂灵来”,后来他在《伪自由书·再谈保留》一文中更说,“大约是想暴露国民的弱点的”。

小说在发表后,引起了极大的反响。当小说还在连载的时候,就有许多人议论,疑心写的是谁。当《阿 Q 正传》还只在《晨报》上发表到第 4 章的时候,当时还是文学批评家的茅盾(沈雁冰)就称它为“杰作”。在 1922 年 2 月 10 日出版的《小说月报》第 13 卷第 2 号上,他在答复一个认为《阿 Q 正传》“讽刺过分,稍伤真实”的读者来信中说:“至于《晨报附刊》所登巴人先生的《阿 Q 正传》虽只登到第 4 章,但以我看来,实是一部杰作。你先生以为是一部讽刺小说,实未为至论。阿 Q 这人,要在现社会中去实指出来,是办不到的;但是我读这篇小说的时候,总觉得阿 Q 这人很是面熟,是呵,他是中国人品性的结晶呀!”不久,《阿 Q 正传》还出了英文、俄文和日文的译本。

在鲁迅创作《呐喊》集里面的小说的时候,还写了很多的杂文。他的杂文吸取了英国随笔的简短、绵里

藏针、以小见大，又融合了魏晋文章的清峻、通脱，使得杂文成为社会批评的利器。当鲁迅决定开始“呐喊”的时候，他是把文学作品当做“匕首”和“投枪”的。

新文化运动刚开始的时候，受到了保守派的反对和攻击。鲁迅以杂文作为武器，肩负起了文学革命和思想启蒙的重任，对传统文化、封建礼教进行了批判，与保守派展开了斗争。

1918年，《新青年》开辟了“随感录”专栏，第5卷第3号(1918年9月)上，鲁迅发表了《随感录二十五》，接着，他在这一栏里发表了好些篇短评，后来都收在他第一本杂感集《热风》里。在《热风·题记》里，他说：

> 我在《新青年》的《随感录》中做些短评……有的是对于扶乩，静坐，打拳而发的；有的是对于所谓“保存国粹”而发的；有的是对于那时旧官僚的以经验自豪而发的；有的是对于上海《时报》的讽刺画而发的。记得当时的《新青年》是正在四面受敌之中，我所对付的不过一小部分。

鲁迅说他所对付的不过是一小部分，主要是指那

些复古派，打着保存国粹的旗号，反对新文化，反对白话文，维护和宣扬封建专制主义文化传统。这主要有《学衡》派和《甲寅》派。

《学衡》派以留美学生为主，以“昌明国粹，融化新知”为口号，主张引进西方的自然科学和白璧德的新人文主义，但是，却又维护文言文的正宗地位。《甲寅》派创办人章士钊此时已是教育总长兼司法总长，一变先前的革命态度，提倡尊孔读经。鲁迅凭借自己对传统文化的熟悉，抓住这些守旧派的传统文化错误，如乱用成语、错解典故等，戳穿了这些维护旧文学的人的真面目。

4. 彷徨

新文化运动后，各种外国思潮蜂拥而至，各种刊物和文学团体如雨后春笋般的出现。在《新青年》的内部，也逐渐产生了分歧。

《新青年》1918 年后改为同人杂志，由 8 位编辑轮流主编。但是，各人的思想并不一致，如胡适提倡“实验主义”，李大钊则在杂志设立了“马克思研究”专栏。1919 年 3 月，陈独秀离开北大，1920 年，他把《新青年》杂志迁回上海，分化终不可避免。1922 年 7 月《新

青年》停刊。

对于《新青年》的分化，鲁迅非常苦闷，在《南腔北调集·〈自选集〉自序》里说道：

> 后来《新青年》的团体散掉了，有的高升，有的退隐，有的前进，我又经验了一回同一战阵中的伙伴还是会这么变化，并且落得一个“作家”的头衔，依然在沙漠中走来走去……成了游勇，布不成阵了……新的战友在那里呢？……

鲁迅还在一首诗里写道：“寂寞新文苑，平安旧战场，两间余一卒，荷戟独彷徨。”这诗反映了鲁迅当时所处的环境和心绪了。

也就是在这个苦闷的时期，鲁迅开始在大学兼职教书。1920年8月，受聘于北京大学，后来，又到北京师范大学、北京女子师范大学等学校讲课。他在北京大学主要讲授中国小说史，以前在杭州和绍兴教书时，就已经辑录了《古小说钩沉》和《唐宋传奇集》，在教育部工作后，又搜集了很多的小说资料，因此，他讲课得心应手。北大后来把鲁迅上课的讲义印发，1923年北京大学新潮社出版，1925年北新书局出版，题为《中国小说史略》。除了小说史，鲁迅也讲文艺理论。他以厨川白村《苦闷的象征》为文艺理论课的教材，并亲自翻译，后来在《晨报副刊》上连载，1924 年由北京大学新潮社出版。鲁迅讲课很认真，资料翔实，又是新文化运动的先锋，很受学生欢迎。

1921 年 1 月，文学研究会在北京成立，沈雁冰接编《小说月报》后，鲁迅在上面发表了《端午节》《社戏》《酒楼上》等作品。但是，和鲁迅关系更为密切的却是《语丝》社。

《语丝》创刊于 1924 年，鲁迅曾捐资 10 元。鲁迅在创刊号上发了《论雷峰塔的倒掉》。在《语丝》第 3 期上，鲁迅发表了散文诗《秋夜》。第 4 期，发表了《影的告别》《求乞者》这两篇散文诗，后来这些都收入了散文诗集《野草》。此外，鲁迅还在《语丝》上发表了小说《示众》《高老夫子》和《离婚》，这些小说后来都收进了《彷徨》。

《彷徨》是鲁迅的第二本小说集，收 1924 至 1925 这两年里所作小说 11 篇。

《祝福》写祥林嫂悲惨的一生，并对代表中国文化传统的鲁四老爷做了深刻的揭露。《离婚》也是写农妇的不幸的，主人公爱姑比起祥林嫂要泼辣些，可是她的反抗精神也没有能够帮助她改变自身的命运。

书中《在酒楼上》和《孤独者》两篇是写知识分子的。他们原来都颇有一点抱负，可是在这样一个社会环境里都颓唐、沦落了。《在酒楼上》的主人公吕纬甫，《孤独者》的主人公魏连殳，这两个形象都有若干作者自传的成分。而魏连殳身上更有作者好友范爱农的一些特征。

《幸福的家庭》和《伤逝》这两篇文章从不同的角度来写爱情、婚姻、家庭、妇女这些问题。《幸福的家庭》是用诙谐的笔调写成的，而《伤逝》却显示出极其浓重的悲剧色彩。两篇都表现出在这样的社会结构中，经济问题是头等重要的问题。在经济问题的压力之下，不但诗意和情趣都得让路，就是山盟海誓也是没有用的。《伤逝》中的涓生和子君，这深深相爱的一对恋人，终于不得不分手，生离死别了。

《肥皂》刻画了假道学四铭的形象，正像他妻子说的那样："不是骂十八九岁的女学生，就是称赞十八九岁的女讨饭，都不是什么好心思，简直是不要脸。"《高老夫子》写的这位高老夫子，"骤慕俄国文豪高君尔基之为人，因改字尔础"。他就凭着一篇《论中华国民皆有整理国史之义务》成了"有名的学者"，当上了贤良女学校的历史教员，而他的全部历史知识只是从《三国演义》《说唐全传》这些小说中看来的故事。

对于《彷徨》这本小说集，鲁迅在《〈自选集〉自序》中写下了这样的评语："技术虽然比先前好一些，思路也似乎较无拘束，而战斗的意气却冷得不少。"鲁迅正处于"苦闷"的时期，小说集《彷徨》和散文诗集《野草》便成了"苦闷的象征"了。

《野草》写于1924年9月到1926年4月，这些优美的散文诗深刻地反映了当时作者矛盾而痛苦的心情。鲁迅曾说，《野草》包含了他全部的哲学。

《秋夜》里的枣树"默默地铁似的直刺着奇怪而高的天空"，"他知道小粉红花的梦，秋后要有春；他也知道落叶的梦，春后还是秋"。因此，枣树执著于现实，"直刺着天空中圆满的月亮，使月亮窘得发白"，而"我""对着灯默默地敬奠这些苍翠精致的英雄们"。

《墓碣文》是作者的自我解剖："我梦见自己正和墓碣对立，读着上面的刻辞：……于浩歌狂热之际中寒；于天上看见深渊。于一切眼中看见无所有；于无所希望中得救。……"

《过客》则是明知前路是坟而偏要走，就是反抗绝望，知道绝望而反抗者难，比因希望而战斗者更勇猛，更悲壮。

这一组散文诗,反映了鲁迅当时的生活境遇,表现出他对于人生的思考和复杂的心情,如同他在《野草》英文本序里说的“大半是废弛的地狱边沿的惨白色的小花”,又因为那时难以直说,用了象征主义的手法。鲁迅在后来给萧军的信里说“我的那一本《野草》,技术并不算坏,但心境太颓唐了,因为那是我碰了许多钉子后写出来的”。

鲁迅的苦闷,其实还有别的原因,便是“兄弟失和”一事。

1917 年,鲁迅向当时的北大校长蔡元培推荐周作人到北大任教。1919 年 8 月,鲁迅和周作人合买了八道湾 11 号,整修之后,鲁迅回绍兴老家接来全家,搬入新宅。

1923 年 7 月 18 日,周作人将一封信交给鲁迅,信中说:“以后请不要再到后边院子里来。”此后,鲁迅便开始找房子,准备搬出去。8 月 2 日,临时搬到砖塔胡同,1924 年 5 月 25 日,鲁迅搬到新买下的位于阜成门西三条的新居。6 月 11 日,鲁迅回八道湾取回自己的东西,爆发了一场兄弟间最激烈的冲突。

关于“兄弟失和”的起因,鲁迅没有留下任何线索,周作人的日记则正好缺了那一页。接近他们兄弟的人，事后曾有过一些叙述。

许寿裳把这事归咎于周作人的妻子羽太信子。在《亡友鲁迅印象记·西三条胡同住屋》里，许寿裳写道：

> 作人的妻羽太信子是有歇斯台里性的。她对于鲁迅，外貌恭顺，内怀忮忌。作人则心地糊涂，轻听妇人之言，不加体察。我虽竭力解释开导，竟无效果。致鲁迅不得已移居外客厅而他总不觉悟。鲁迅遣工役传言来谈，他又不出来，于是鲁迅又搬出而至砖塔胡同了。从此两人不和，成为参商，一变从前"兄弟怡怡"的情态。

郁达夫、周建人和许广平都曾说到，周作人妻子羽太信子之所以向丈夫吹这个"枕头风"，其内因大概与经济有关，大意是羽太信子花钱没有节制，作为家长的鲁迅曾经表示过不满。信子为了赶走鲁迅，独掌大权，才出此下策。

这件事对鲁迅心灵的伤害是不可估量的。"兄弟失和"事件发生后，周氏兄弟从此形同参商，永不再相见。鲁迅之后大病一场,以“宴之敖”笔名自许。许广平曾听鲁迅对这个笔名有过解释:“先生说:‘宴从门(家),从日,从女;敖从放(《说文》作放,游也,从出从放);我是被家里的日本女人逐出的’”。而在后来创作的《铸剑》这篇小说中,鲁迅又把“宴之敖”这个名词给了那个专事“复仇”的“黑衣人”,以示心中深刻的绝望和复仇之意。

5. 女师大风潮

1925 年,鲁迅当时在北京女子师范大学兼职,讲授中国小说史。3 月的时候,鲁迅收到了女师大学生许广平的一封来信。在信中,许广平希望鲁迅能够于课堂之外,给予她更多的指导。同时,在这封信里,许广平还介绍了正在进行中的女师大学潮。

女师大原任校长许寿裳于 1924 年 3 月去职,推荐杨荫榆接任。杨荫榆是江苏无锡人,曾在日本东京女子高等师范学校留学 5 年,后来又在美国哥伦比亚大学获得教育系硕士学位。学潮的起因是这样的:

1924 年秋季开学的时候,江浙一带发生了军阀混战。有 3 名学生因战事阻隔,交通中断,直到 11 月才返回学校。但学校已经将她们除名,作退学处理了。

学生前去求情，可杨荫榆不准，逐渐发生了争执。1925年1月18日，女师大学生召开会议，全校学生237人，有172人赞成驱逐杨荫榆，其余的人声明中立，但不反对学生会的行动。会议还决定，自即日起，不再承认杨荫榆为女师大校长，并派代表请求教育部撤换杨荫榆。当时的教育部由次长马叙伦代理，他表示可以撤换杨荫榆。但4月时，章士钊接任教育总长，他反对学潮，支持杨荫榆。

5月7日，是日本强迫中国签订"二十一条"的10周年纪念日，杨荫榆组织讲演会，当她登台的时候，被学生赶了下来，9日，她以这件事为理由开除学生自治会的6个成员，其中就有刘和珍和许广平。11日，全校学生紧急大会号召驱逐杨荫榆出校，并封锁校长办公室。

鲁迅当时在女师大任课，从许广平的书信里，他知道了学潮的详情，他的同情完全在学生这边。在5月27日，《京报》上刊登出鲁迅参加的7教授《对于北京女子师范大学风潮宣言》，签名的都是在女师大任教的老师。这7人分别是史地系主任李泰棻，国文系教授马裕藻、沈尹默、鲁迅、钱玄同、沈兼士、周作人。

在学潮中，许广平是学生领袖，鲁迅的坚定支持，让他们的联系更为密切了，平均每3天就有一封信往来。许广平还前去鲁迅家中拜访过。后来，鲁迅把他们两人的通信整理为《两地书》出版，第1集收在北京时的通信，约4个月的时间，共计41封信。

8月1日，杨荫榆在警察的配合下，回到学校，张贴布告，宣布解散闹学潮最为厉害的4个班级，勒令在校的30多个学生即刻离校。学生在各种困难条件下坚持着，没有屈从。

杨荫榆终于无法坚持下去了，8月8日，她的辞呈得到教育部的批准。当时的教育总长章士钊也决定停办女师大，8月10日发出通知，19日，教育部派人接收女师大，与学生发生冲突，22日，强行接收成功。女师大的学生则组织了校务维持会，敦请本校教职员、学生和社会关心人士参加，校外一些支持学潮的人士也成立了女师大教育维持会，易培基任主席，鲁迅积极参加了校务维持会的活动。在女师大被强行接收后，师生一起搬到校外，向社会募捐经费，继续上课。鲁迅还出席了9月的开学典礼。

但鲁迅的这些活动却受到了教育总长章士钊的特别“照顾”。章士钊以此为由，免了鲁迅的教育部佥事职务。8月22日，鲁迅向北洋政府负责处理行政诉讼的机构——平政院提起诉讼，控告章士钊的违法行为。恰逢政局不稳，总统曹锟下台，段祺瑞执政，改组国务院，在学潮中支持学生运动的易培基被任命为教育总长。因此，女师大得以在原址复校。1926 年 1 月 17 日，教育部发表“复职令”，平政院的官司以鲁迅胜诉而结束。

女师大的风潮持续一年多，鲁迅和许广平在一起的机会更多了，两人的感情也更深了。许广平已经下定了决心与鲁迅确立恋爱关系：“不自量也罢！不相当也罢！同类也罢！异类也罢！合法也罢！不合法也罢！这都于我们不相干，于你们无关系。”

在女师大风潮中，还有一位中坚人物，她就是女师大学生自治会主席刘和珍，但是，在 1926 年的一次惨案中，她却牺牲了。这就是著名的“三一八惨案”。

1926 年 1 月，奉系军阀和国民军爆发战争，3 月 12 日，日本军舰掩护奉系军舰向大沽口国民军阵地进攻，在战争中，日本有 3 名官兵受伤，但却以此为借口，联合英、美、法、意、荷、比、西，要求中国停止天津和大沽口之间的军事防务。18 日，得知这一消息的北京群众和学生共约 20000 多人举行了游行示威大会，反对日本等国的无理要求。

当游行队伍到达执政府门前时，执政府的卫队开枪射击，打死 47 人，伤 150 余人，制造了令人震惊的“三一八惨案”。在惨案中，鲁迅在女师大的学生刘和珍和她的同学杨德群都牺牲了。

当时，身在现场的朱自清写了一篇《执政府大屠杀记》，记录了屠杀的始末。鲁迅沉痛地写下了《无花的蔷薇之二》和《纪念刘和珍君》两篇文章。文章说：“这不是一件事的结束，是一件事的开头。墨写的谎说，决掩不住血写的事实。血债必须用同物偿还。拖欠的愈久，就要付出更大的利息！”

惨案发生后，段祺瑞政府又通缉了易培基、李大钊、徐谦等 5 人。鲁迅在报纸上连续写了很多篇杂文，3 月 26 日的《京报》报道，还有一份要通缉的名单，鲁迅、许寿裳等人也在列。为安全计，鲁迅就避居在外国的医院里。

北京的局势越来越糟糕了，鲁迅决定离开北京。

6. 在大海边——厦门大学

鲁迅在《自传》里这样说了他离开北京的原因：“因为做评论，敌人就多起来，北京大学教授陈源开始发表这‘鲁迅’就是我，由此弄到段祺瑞将我撤职，并且还要逮捕我。我只好离开北京,到厦门大学做教授。”

鲁迅和陈源的论战,最初是因为女师大的风潮。陈源在《现代评论》上发表文章,批评学生运动,并认为鲁迅等7教授的宣言有误导学生之嫌,后来在“三一八惨案”发生后,陈源又在《现代评论》上撰文,认为造成“三一八惨案”,“民众领袖要负很大的责任”,鲁迅随即再次与他论战。

1926年7月28日,鲁迅收到厦门大学寄来的旅费及工资,8月26日离京南下,前往厦门大学。离开北京,一方面固然是受到通缉,另一方面则是和许广平的感情问题。因为鲁迅如果和许广平携手,必须要面对另一个重要的存在——原配朱安。在许广平的《鲁迅和青年们》一文里,曾经谈到鲁迅离开的原因:

> 1926年8月,先生往厦门大学任教职……政治的压迫,个人生活的出发,驱使着他。尤其是没有半年可以支持的生活费,一旦遭到打击,那是很危险的。我们约好:希望在比较清明的环境之下,分头苦干两年,一方面为人,一方面自己也稍可支持,不至于饿着肚皮战斗,减低了锐气。

8月29日，鲁迅和许广平到达上海。9月1日晚，鲁迅乘船前往厦门，许广平则前往广州，在广东省女子师范任教。对于这次分开，两人都很是不舍，都以为这两年之约太长，许广平还在船上时，便写信说"临行之预约时间，我或者不能守住，要反抗的"。

9月4日下午，鲁迅抵达厦门。曾一起在女师大共事、此时是厦门大学文科学长的林语堂前来迎接。

厦门大学是华侨陈嘉庚于1921年创办的。厦门虽然是最早的通商口岸之一，却并没有受到新文化运动的影响。校长是一个英国籍的中国人，曾经用英文写过一本《孔教大纲》，其保守也就可见一斑了。在五四运动六七年之后，这里的大学生仍然用文言文写作，在集会的时候，男女学生还要分开坐。但就是这样，也还有教师大力颂扬校长的功劳。鲁迅曾记录他参加的一次恳亲会：

> 下午有恳亲会。我向来不赴这宗会的，而玉堂（林语堂）的哥哥硬拉我去。我不得已，去了。不料会中他又演说，先感谢校长给我们吃点心，次说教员吃得多么好，住得多么舒服，薪水又这么多，应该大发良心，拼命做事。而校长之如此体贴

我们,真如父母一样……我真就要跳起来,但立刻想到他是玉堂的哥哥,我一翻脸,玉堂必大为敌人所笑。

其实,这里的生活并不是很好。单是住处,鲁迅就搬迁了好几次。吃饭也是一个大问题,总是没有合适的饭菜。后来,不得已,鲁迅在自己的房间里简单地做一些。

最让鲁迅感到寂寞的是少有可以交谈的人。刚来时,还有沈兼士和孙伏园,后来也都走了。同事中有一些很令人反感的人。鲁迅在写给许广平的信里说道:

我新近想到了一句话,可以形容这学校的,是"硬将一排洋房,摆在荒岛的海边上"。然而虽然是这样的地方,任务却各式俱有,正如一点水,用显微镜看,也是一个大世界。其中有一班"妾妇"们,上面已经说过了,还有希望得爱,以9元1盒的糖果送人的老外国教授;有和著名的美人结婚,3月复离的青年教授;有以异性为玩艺儿,每年一定和一个人往来,先引之后拒之的密斯先生;有打听糖果所在,群往吃之的好事之徒……

在厦门大学，鲁迅主要讲授中国小说史和中国文学史，此外，还要指导研究员。对于教学工作，鲁迅总是很热心。中国小说史是鲁迅此前一直讲授的课，也无须多做准备。对于中国文学史，则要编写讲义了，想借此机会，编一本较好的文学史。到他离开厦门大学时，讲义已经编成的10讲，讲到汉代的司马相如和司马迁，这就是后来的《汉文学史纲要》了。

虽然环境不好，但让鲁迅高兴的是学生的热情。他的课，人总是很多，不但国文系的全部学生，连英文系、教育系以及商科、法科、理科的同学也来听，校内的助教、校外的记者也都来听课，教室坐满，还有很多靠墙站着听的。甚至，还有学生知道鲁迅到了厦门大学后，特意转学而来的。

课余的时候，学生也很喜欢和他在一起。有学生担心鲁迅刚来，不懂方言，周末还特意留下来，准备为他做翻译的。有一些爱好文艺的青年学生，组织了文学社，要出版刊物《波艇》，请鲁迅看稿。尽管鲁迅对于文学社并不满意，还是介绍上海的北新书局代为印发，鲁迅还在上面发表了《厦门通信》。

因厦门地处海滨，消息闭塞，鲁迅在创作上很少写实时性战斗性的杂文，而继续写他刚开笔的回忆性的散文——《朝花夕拾》。《朝花夕拾》中的许多文章如《从百草园到三味书屋》《父亲的病》《琐记》《藤野先生》《范爱农》等篇就是此时所写的。

1926年年底的时候，鲁迅决定要离开厦门大学了。其实，鲁迅刚到这里还不到一个月的时候，他就想离开了。只是不想让林语堂为难，不想让学生失望，才坚持到学期结束。在他写给翟永坤的信里说：

> 来信问我在此的生活，我可以回答：没有生活。学校是一个秘密世界，外面谁也不明白内情。据我所觉得的，中枢是"钱"，绕着这东西的是争夺，骗取，斗宠，献媚，叩头。没有希望的。

鲁迅离开厦门大学的另一个原因则是希望可以到广州，和许广平在一起，在《两地书》里面，有许多许广平写给鲁迅的信，两人都下了决心，要不管别人的议论走到一起。正是在这个背景下，鲁迅答应了中山大学的邀请。

12月31日，鲁迅向厦门大学提出辞职。1927年1月16日，他乘船前往广州。同行的还有几个厦门大学的学生，要追随鲁迅转学至中山大学。

7. 在钟楼上——中山大学

1927年1月18日下午,鲁迅到达广州。在旅馆住下之后,就去拜访许广平。第二天,许广平和孙伏园帮他搬到中山大学。

早在1926年的11月,广州的报纸就已经刊登了消息,说鲁迅即将到广州;1927年的元旦,《国立中山大学校报》再一次报道。因此,鲁迅一到广州,就受到热烈的欢迎。1月25日,中山大学学生会举行欢迎会。在欢迎会上,鲁迅发表了演说,勉励在座的有志于文学的年轻人不断努力地干下去,他愿意帮助他们研究和创作。

2月10日,鲁迅被任命为中山大学文学系主任兼教务主任。开学前的事务工作,忙得他连睡觉的时间几乎都没有了。

3月1日,中山大学举行了开学典礼。鲁迅做了演说,引用了孙中山的遗言"革命尚未成功,同志仍需努力",希望学生"读书不忘革命,革命不忘读书",还写了《中山大学开学致语》。

鲁迅的好友许寿裳这时也到了广州,担任中山大学的预科教授。因为学校的房子过于狭小,访客又多,鲁迅希望有一个安静的所在,可以读书创作,就和许寿裳一起租了白云楼的寓所。许广平当时是鲁迅的助教,也一起住到白云楼,代为他们料理生活事务,因为鲁迅和许寿裳都不会说粤语。

教学之余,常有邀请鲁迅前去讲演的活动。2 月 18 日,鲁迅应香港基督教青年会的邀请,前去做了两场演讲,一场讲的是《无声的中国》,第二场讲的《老调子已经唱完》,都是由许广平担任粤语翻译。在演讲里,鲁迅提醒大家,现在的外国人,不再嘲骂中国的腐败了,而是称赞或者尊重中国的旧文化,但究其实,是要利用我们的腐败文化,来治理我们这腐败民族。因此,才要我们保存旧文化,是要让我们永远做奴隶。鲁迅在演讲里号召青年不要再说孔子、孟子和韩非子等,而要用白话,表达自己的思想感情,将中国变成有声的中国。鲁迅在香港的讲演,后来发表的时候,被删改了许多。

3 月 29 日,在岭南大学举行的纪念黄花岗七十二烈士的大会上,鲁迅和孔祥熙一起前往演说。4 月 8 日,鲁迅应邀前往黄埔军校,做了题为《革命时代的文学》的演讲。在演讲里,鲁迅对当时的社会状况做了深刻的剖析。他认为,为革命起见,要有革命人,革命文学倒无须急急,革命人做出东西来,才是革命文学。

4月10日，鲁迅应广州《国民新闻》报的约稿，写了《庆祝沪宁克服的那一边》，提醒人们不要忙于庆祝，要有危机感："最后的胜利，不在高兴的人们的多少，而在永远进击的人们的多少……"鲁迅的文章还没有发表，4月12日，蒋介石就在上海发动了"四一二政变"。4月15日，广州也开始了清党行动，黄埔军校和省港罢工委员会的武装都被解除，中山大学40多名学生被捕。鲁迅知道消息后，立即赶到学校，主持召开了各科系主任会议，提出营救被捕的学生，但与会各人或表示沉默，或站在当局的一边。4月29日，鲁迅无奈，愤而辞职。尽管中山大学多次挽留，但鲁迅坚决要离开中山大学了。在《答有恒先生》一文里，他说："我的一种妄想破灭了……血的游戏已经开头……我现在已经看不见这出戏的收场。"在这场"血的游戏"里，许多常来访问他的青年，都被杀害了。

由于时局的关系，鲁迅不能立即离开广州，仍然住在白云楼。他趁这段时间整理了一些文稿，先是将在《语丝》上发表的散文诗编辑为散文诗集《野草》，写了《野草·题辞》。写《题辞》是在4月26日，政变刚刚过去，血迹未干，硝烟弥漫，尽管鲁迅写得十分含蓄，但仍然激荡人心："地火在地下运行，奔突；熔岩一旦喷出，将烧尽一切野草，以及乔木”，“生命的泥委弃在地面上，不生乔木，只生野草，这是我的罪过”。那些熟悉的面孔，还在他眼前浮动，“我以这一丛野草，在明与暗，生与死，过去与未来之际，献于友与仇，人与兽，爱者与不爱者之前作证”。

5月的时候，鲁迅把在《莽原》上发表的“旧事重提”编为《朝花夕拾》，在《小引》里说：“我常想在纷扰中寻出一点闲静来，然而委实不容易。目前是这么离奇，心里是这么芜杂。一个人做到只剩了回忆的时候，生涯大概总要算是无聊了罢，但有时竟会连回忆也没有。中国的做文章有轨范，世事也仍然是螺旋。前几天我离开中山大学的时候，便想起4个月以前的离开厦门大学；听到飞机在头上鸣叫，竟记得了一年前在北京城上日日旋绕的飞机。我那时还做了一篇短文，叫做《一觉》。现在是，连这‘一觉’也没有了。”一年前“三一八惨案”发生后，鲁迅避居外国医院，其中的几篇便是那时写的。他曾将惨案发生那天称为“民国以来最黑暗的一天”，现在“血的游戏”则是更为残酷了，“便是现在心目中的离奇和芜杂，我也还不能使他即刻幻化，转成离奇和芜杂的文章。或者，他日仰看流云时，会在我的眼前一闪烁罢”。

《朝花夕拾》共收录了10篇文章:有回想小时对猫的厌恶和仇恨的《狗·猫·鼠》;有怀念自己幼年的保姆长妈妈的《阿长与山海经》;有批判封建礼教的《二十四孝图》;有记录绍兴民俗民风的《五猖会》;有描绘勾魂使者的《无常》;有回忆自己少年生活的《从百草园到三味书屋》;有揭露庸医误人的《父亲的病》;有写自己上学经历的《琐记》;有写最使鲁迅感激的日本老师《藤野先生》;还有写潦倒一生的同乡好友的《范爱农》。这10篇散文,是"回忆的记事",比较完整地记录了鲁迅从幼年到青年时期的生活道路和经历,文笔深沉隽永,是中国现代散文中的经典作品。

虽然时局危险,鲁迅仍然应邀做过两次讲演。7月16日,在知用中学讲了《读书杂谈》,提出读书要自己思索,自己观察,自己做主。7月23日、26日,分两次在广州市夏期学术演讲会讲了《魏晋风度及文章与药及酒之关系》。虽然讲的是一千几百年以前的事,但现实感很强,借讲述魏晋时期的文学史,描述了动乱时期的文人们在政治强权面前无奈的命运。何晏、王弼服药,嵇康、阮籍醉酒,都与当时的政治环境有关。孔融和嵇康的被杀,只是因为他们的言论于当权者的统治有妨碍。谈到嵇康、阮籍是否真的毁坏礼教,鲁迅认为“表面上毁坏礼教者,实则倒是承认礼教,太相信礼教”。鲁迅在这里讲嵇康、阮籍的故事,实际上是在表达自己的现实处境。

1927 年 9 月 27 日,鲁迅和许广平乘坐“山东”号客轮离开广州,前往上海。

四、上海十年

1. 定居上海

1927年10月3日，鲁迅和许广平抵达上海。在旅馆里住了几天之后，周建人在自己住处附近找到了一处房子，即景云里23号。10月8日，鲁迅和许广平搬了进去。历经风雨的两人终于在这里建立了一个新家庭。这比他们约定的两年计划要早了差不多一年。

安定下来之后，鲁迅就开始了忙碌。上海熟人很多，刚开始的时候，忙于应酬。关于到上海以后做什么，鲁迅曾经有过认真的思考。还在广州的时候，就希望到上海以后，政、教两界，都不涉足，一是由于在厦门大学和中山大学的经历，对于大学也很失望了。再者，他认为教书与写作是矛盾的，难以两全。现在，鲁迅决定做一个“游民”，也就是做一个自由撰述人。这样，虽然很独立，时间也方便了，但经济收入却是问题。恰在这时候，蔡元培就任南京国民政府大学院院长，聘请鲁迅为特约著作员，这可以为在学术上有贡献而不兼有现职的人提供经济上的补助。鲁迅的特约著作员，一直做到 1931 年 12 月，每月有 300 元的收入，加上稿费、版税，鲁迅的经济收入应该是相当可观的。

尽管有许多学校都来请他任教，鲁迅都一一谢绝，只接受了劳动大学每周一小时的文学讲座，因校长易培基是曾经一起经历女师大风潮的“战友”。在那里，鲁迅曾做了《关于知识阶级》的讲座，提出了这样的问题，知识分子是为平民说话，还是压迫平民呢？是在金钱和指挥刀下听令行动，还是同情和倾向于民众呢？鲁迅主张：“真的知识阶级是不顾利害的，如想到种种利害，就是假的，冒充的知识阶级。”是做一个正直的知识分子，还是做一个随风转向的知识分子？鲁迅提出的这个问题十分意味深长。

鲁迅还到当时还在上海的暨南大学演讲《文艺与政治的歧途》。说到了文艺与政治的冲突，他认为原因是在于“政治家最不喜欢人家反抗他的意见，最不喜欢人家要想，要开口”，“政治想维系现状使它统一，文艺催促社会进化使它渐渐分离；文艺虽使社会分裂，但是这样才进步起来。文艺既然是政治家的眼中钉，那就不免被挤出去”。“文艺与政治的歧途”，这是对文艺与政治的关系相当经典而富有远见的阐述，后来的中国现代文学史恰恰印证了这一点。

2. “革命文学论战”

1927 年的冬天，他还几乎跟创造社组成了联合的战线。11 月 9 日，创造社作家郑伯奇、蒋光慈、段可情前来拜访鲁迅，提议要和鲁迅联合办一个文艺刊物。对于这个提议，鲁迅很赞同。其实，一年以前，鲁迅还在厦门的时候，在给许广平的信中，他说：其实我也还有一点野心，也想到广州后，对于“绅士”们仍然加以打击，至多无非不能回北京去，并不在意。第二是与创造社联合起来，形成一条战线，更向旧社会进攻，我再勉力写些文字。鲁迅到了广州之后，1927 年 4 月 1 日，他和成仿吾等人还联合发表了《中国文学家对于英国知识阶级及一般民众宣言》，表示反对英法帝国主义帮助军阀孙传芳屠杀罢工的上海工人，宣言声明“我们的斗争总是向着资本帝国主义，我们只有从榨取的资本帝国主义者手里夺回生活，此外再没有别的目的，也再没有别的生路”，最后呼吁“全世界的无产民众联合起来”。宣言上有创造社的成仿吾、王独清等人的签名，鲁迅也签上了自己的名字。9 月 24 日，鲁迅在即将离开广州之前，还去了创造社广州的书店，选购了几种书刊，书店负责人坚决不收钱，次日，他在给李霁野的信中说：“创造社和我们，现在感情似乎很好。他们在南方颇受压迫了，可叹。看现在文艺方面用力的，仍只有创造，未名，沉钟三社，别的没有，这三社若沉默，中国全国真成了沙漠了。南方没有希望。”

这次创造社的拜访，鲁迅很是高兴。他和创造社的朋友共同商议，决定恢复《创造周报》。编辑委员由成仿吾、郑伯奇、王独清、段可情 4 人担任，而由鲁迅、郭沫若、蒋光慈、李初梨、冯乃超等 30 人作为“特约撰述员”。1928 年 1 月 1 日，《创造周报》公布了编辑委员和特约撰述员的名单，在特约撰述员的名单上，第一人就是鲁迅。

但接下来的，却不是鲁迅和创造社的合作，而是一场论战。当郑伯奇等准备实行这个计划的时候，成仿吾在日本与创造社的另一部分成员李初梨、彭康、冯乃超、朱镜我等，又拟定了一个计划，要加强创造社的革命色彩,把创造社作为鲜明的思想斗争的基地,出版政论性很强的月刊《文化批判》,要建立新的普罗文学。郑伯奇这时写信告诉成仿吾,他们已和鲁迅商量恢复《创造周报》的计划,而成仿吾认为,要建立新的普罗文艺,老作家都不行了,鲁迅当然也是属于"不行"之列。

成仿吾和在日本的一些创造社成员,年轻气盛,革命热情很高,他们觉得神圣的新鲜的普罗文学,是应当纯粹又纯粹的,普罗文学队伍也应当是纯粹又纯粹的,而在中国,则只有他们这些新崛起的青年革命作家才是纯粹的,鲁迅这样的老作家已是"时代的落伍者"了。他们当时还没有足够的政治思想水平来认识鲁迅深刻的革命性,理解鲁迅的伟大所在。他们对中国历史、中国社会的认识还比较简单,甚至比较肤浅,因此,他们也无法真正了解鲁迅作品对于中国革命的价值,他们对中国社会和对革命文学的认识与鲁迅还存在着距离。他们还不了解,革命文学不可能单凭革命的观念和热情产生,如果自己不投入革命洪流中真切地感受革命的脉搏,把自己首先锻炼成为革命者,那么,革命文学就难以成功,而且还会把革命文学引入错误的方向。由于他们的幼稚,结果他们不仅未能执行与鲁迅原定的计划，而且错误地把鲁迅作为“普罗文学”的抨击对象。他们在《文化批判》的创刊号上发表了《艺术与社会生活》，又在第2期上发表了《怎样地建设革命文学》等文章。这些文章错误地把时代的先驱者鲁迅看成是“时代的落伍者”，说他是从幽暗的酒家的楼头“醉眼陶然”地眺望窗外的人生，认为他是“以趣味为中心”的艺术至上主义者，和说几句“人道主义漂亮话”的旧作家。

1928年初成立的太阳社，主要成员有蒋光慈、钱杏邨等人，他们和创造社相呼应，都提倡革命文学。钱杏邨在《太阳月刊》上作《死去了的阿Q时代》，对鲁迅作品的时代性作出了这样的评价：“他的创作在时代意义上实在是没有什么好处的。他不过是如天宝宫女，在追述着当年皇朝的盛事而已；站在时代的观点上，我们是不需要这种东西的。”“所以鲁迅的创作，我们老实的说，没有现代的意味，不是能代表现代的，他的大部分创作的时代是早已过去了，而且遥远了。”

对于创造社的改变，鲁迅事先不知道。对于这些攻击，鲁迅展开了反击。1928年2月23日，鲁迅在《语丝》上发表《“醉眼”中的朦胧》，第一次对创造社和太阳社的批评正面地进行反驳。在这篇文章中，鲁迅并没有给创造社、太阳社的同志扣什么帽子，他据理申明，指出这些青年革命者的一个根本弱点，这就是“朦胧”，他们对中国社会的认识是朦胧的，对中国社会斗争的营垒分野的认识是朦胧的，对无产阶级文学面貌的理解也是朦胧的。在鲁迅看来，革命者的可贵品质在于襟怀坦白，敢于明言，绝不怕批判自己，因此，他不赞成本来是朦胧的，却要认为自己看得最清楚，甚至觉得“唯我是无产阶级”。

创造社和太阳社的“革命文学家”们，还嘲笑鲁迅“坐在华盖下正在抄他的小说旧闻”，李初梨和成仿吾把他当成中国的堂·吉诃德，而潘梓年则把鲁迅比作五四时代的林琴南，在另一篇署名为“杜荃”(郭沫若的笔名)的文章里，甚至给鲁迅扣上了三顶大帽子：“封建余孽”“法西斯蒂”“二重反革命”。

论争延续了一年多，鲁迅又作了《文艺与革命》《我的态度气量和年纪》《现今的新文学的概观》等文章。在这些文章中，鲁迅严格地站在论争的立场上，从不感情用事，也不作人身攻击。他在论争中，对于文学与无产阶级革命的关系，一直认真地思考着，探求着。鲁迅坦率地说：“我有一件事要感谢创造社的，是他们‘挤’我看了几种科学底文艺论，明白了先前的文学史家们说了一大堆，还是纠缠不清的疑问。”1928 年之前，他购买的马列主义书籍数量很少，而 1928 年以后，这类书籍却源源不绝地涌流进他的书房，在这一年，他购买的关于马克思主义和无产阶级革命与无产阶级文化的书籍就有 60 多种。鲁迅一面大量阅读，一面又着手翻译。当时中国对于马克思主义文艺理论著作翻译得极少。鲁迅十分希望能有切实的人，能多译几部世界上已有定评的关于唯物史观的书。但是这种切实的人却很少，加以当时的中国懂英文者最多，日文次之，懂俄文者更少，在这种情况下，鲁迅只好从日文转译。他首先翻译的是苏联的《文艺政策》，该书内容包括《关于对文艺的党的政策》《观念形态战线和文学》和《关于文艺领域上党的政策》等。6 月 20 日，译稿开始在他与郁达夫合编的《奔流》月刊创刊号上发表。这是他有计划地介绍马克思主义艺术理论的开始。在这之后，他于 1929 年又先后翻译了卢那察尔斯基的《艺术论》《文艺与批评》，普列汉诺夫的《艺术论》。1930 年 2 月 15 日，鲁迅在他主编的、只出了一期的《文艺研究》上，还译载了普列汉诺夫的《车尔尼雪夫斯基的文艺观》。

鲁迅不能从俄文直译，而从日文转译，这是翻译中遇到的第一个困难。他初步大量接触马克思主义艺术理论,其中大量的新概念、新思想、新逻辑,又需要自己准确地把握,这是第二个困难。但是,为了把火光带到黑暗笼罩着的祖国,他坚韧地征服一切困难,以惊人的工作精神,一字一句,一章一节地译下去。后来,梁实秋攻击他"硬译",但这样的翻译是多么可贵的精神啊!

鲁迅在翻译之后,又对这些论著进行科学的评述,譬如他按照列宁的观点,精当地评价了普列汉诺夫本人及其著作《艺术论》。他批评了普列汉诺夫政治上的动摇,却衷心地赞誉他的美学理论,并抓住这些理论的精髓介绍给我国人民。之后,他又运用这些马克思主义的美学观解释艺术,许多原来纠缠不清的问题也就迎刃而解了。

3. 创办杂志

鲁迅到上海以后,创办和编辑了很多种杂志,主编从北京南迁的《语丝》,和郁达夫合办的《奔流》,和冯雪峰合办的《十字街头》,左联的《萌芽》《前哨》,和柔石等合办的朝华社,还有 1934 年 9 月出版的《译文》。

鲁迅刚到上海不久,北京的《语丝》周刊就被禁止出版了，北新书局也被查封。因此，《语丝》和北新书局就都搬到上海来了，鲁迅也临时担任《语丝》的编辑。在上海出版的第1期，鲁迅发表了《在钟楼上》，记他在中山大学时的经历。直到1929年，鲁迅才辞去《语丝》的编辑，并推荐柔石接编。

柔石原名赵平复，浙江宁海人，当时也住在景云里，和鲁迅的住处隔四五家。他一直做着翻译和文学创作工作，致力于介绍外国的文学和艺术，和鲁迅志趣相投。后来，在鲁迅的支持下，柔石和另外的两个学生，一起组织了朝华社，出版了好几种外国版画集和小说集。朝花社时间不长，但成绩却很丰厚，出版了20期《朝花周刊》和12期《朝花旬刊》，发表了许多文艺作品和评论，还介绍了东欧和北欧的一些作品。

1928年的6月，鲁迅和郁达夫一起编辑一份以翻译为主兼收创作的文学月刊《奔流》。这份刊物共持续了一年半。他认为一切事物，虽说以独创为贵，但中国既然是世界上的一个国家，则受点别国的影响，自然难免，似乎倒也无须为此感到脸红。而且单就文艺而言，鲁迅觉得中国的文学艺术家实在知道得太少，要使自身茁壮成长，营养太不足了。所以，鲁迅历来主张对于外国文化，要具有“汉唐气魄”，敢于“拿来”滋补自己。

不去了解国门之外的大千艺术，而要使我们民族的文学艺术有大的发达，是很难想象的。因此，办一个刊物，让它起着输送的作用，是必要的。对于这份杂志，鲁迅很是呵护，从编辑、校对、翻译到挑选插图、跑印刷所、与投稿者通讯联系，代作者向出版社索取稿费和退稿等等，事无巨细，都是鲁迅亲自办理。特别是校对工作十分繁琐，他常常通宵达旦地校对《奔流》的稿件。刊物是在夏季诞生的，而南方的气候炎热得很，晚上蚊子又多，但是鲁迅还是一边擦着汗，一边专心致志地一页一页校对着。关于这一段的生活情况，他在给友人的信中曾有过自白："白天汗流，夜间蚊咬，较可忍耐的时间，都用到《奔流》上去了。""为要使《奔流》少几个错字，每月的功夫几乎都消费尽了。"

1933 年的秋天，国民党当局对左翼文化界开始了新一轮的镇压，查禁书籍，查封书店。一些图书公司莫名其妙地被砸，有些报馆还收到了恐吓信。1934 年，国民党当局又实行书报检查，鲁迅的文章也被扣押、退回，偶有发表的，也已经改得面目全非了，鲁迅的作品集也属于被查禁之列。这时，鲁迅便致力于外国文学的翻译。他邀请茅盾和黎烈文合作办一个翻译介绍外国文学的月刊，这就是 1934 年 9 月 16 日创刊的《译文》杂志。《译文》由上海生活书店出版，第1期到第3期，都是鲁迅自己编辑，从稿件、插图的选用，到文稿的次序；从标题的字体字号，到插图制版的尺寸，都是鲁迅亲自去做。鲁迅翻译的果戈理的《鼻子》，高尔基的《俄罗斯的童话》，西班牙作家巴罗哈的《山民牧唱》，都是在《译文》上发表的。《译文》曾于1935年9月停刊，1936年3月在上海杂志公司复刊后，鲁迅又写了《复刊词》。可以说，《译文》是鲁迅晚年最看重的一个刊物。

4. 播布美术

对于美术，鲁迅一直都怀有儿时的兴趣，小时候曾经用荆川纸蒙在小说的绣像上描画。最成片段的，是《荡寇志》和《西游记》的绣像。在教育部任职时，还做过美术的讲座，起草了《拟播布美术意见书》。他从1915年就开始搜集和购买各种碑帖、拓片和汉画像石，在日记里曾有许多与此有关的记载。到上海以后，他又致力于介绍外国美术、木刻、版画等。

有一次，北新书局的李小峰在搜集《北新》半月刊的插图，鲁迅便决定翻译日本的板垣鹰穗的《近代美术史潮论》，从1928年1月1日《北新》半月刊开始连载，到10月1日连载完毕。1929年，北新书局出版单行本。1931年2月，鲁迅以三闲书屋的名义，自费出版了《梅斐尔德木刻士敏土之图》，收德国画家梅斐尔德所作的苏联革拉特科夫小说《士敏土》的木刻插图。鲁迅在序言中介绍了小说的意义和地位，还谈到这些木刻插图的特点。只是出版后，都是德国和日本两国买的人多，中国读者大约只有20余人。1934年3月，鲁迅又以三闲书屋的名义出版了苏联版画集《引玉集》，收苏联11位版画家的59幅作品。卷首的《代序》是瞿秋白根据一篇论文摘译而成，介绍了15年来苏联版画的梗概，在《后记》里，鲁迅还介绍了他获得这些木刻的经过和出版的缘由。1936年5月，鲁迅仍旧以三闲书屋的名义出版了《凯绥·珂勒惠支版画选集》，收版画21幅，还请了珂勒惠支和鲁迅共同的朋友史沫特莱写了序。接着，鲁迅又自费印行了《死魂灵百图》。

鲁迅和柔石等组织的朝华社，在发表许多外国文学艺术作品以外，还编辑出版了5辑介绍外国美术作品的《艺苑朝华》，开创了刊物致力于介绍美术作品的新风。他还举办过3次外国版画展览会：1930年10月的"版画展览会"，1933年10月的"现代作家木刻展览"，1933年12月的"俄法书籍插图展览会"。

1932年的11月9日，鲁迅接到周建人发来的北京电报："母病速归。"11日，鲁迅启程赴京。那时火车不能过长江，要到南京换车。13日下午鲁迅到北京。这一年，鲁迅母亲已经74岁了，因慢性胃炎而眩晕。鲁迅回家的时候，她已经好些了。鲁迅又请了日本医生来诊治了几次，23日的时候，医生说已经痊愈，再连续服药一周就可以了。鲁迅在1926年离开北京后，又于1929年5月归省过一次，那次，在北京的几所大学都做了演讲。这次在北京的十几天里，除了照看母亲以外，还应邀做了5次公开演讲。11月22日下午在北京大学讲《帮忙文学与帮闲文学》，在辅仁大学讲《今春的两种感想》；24日下午到北平女子文理学院讲《革命文学与遵命文学》；27日下午在北京师范大学讲《再论"第三种人"》；28日上午在中国大学讲《文艺与武力》。这几次演讲都受到学生们的热烈欢迎，每到一处，讲堂都是坐得满满的，在北京师范大学和中国大学，因人太多，礼堂坐不下，连操场也挤不下，只好改在露天广场了。鲁迅在狂风和严寒中，站在方桌上，向四周拥挤的人群讲话。

这次重回北京，和很多老朋友相见，鲁迅很是高兴，还想过回北京居住，一是北京的环境似乎更好，再就是鲁迅想编一本《中国文学史》，北京的参考书籍便于得到。他还去了几次琉璃厂，看到了木板彩色水印的笺纸很好，觉得应该保存下来。于是，在回上海后，和郑振铎合作编了一部《北平笺谱》。这可以看做是鲁迅北行的纪念吧。

鲁迅的这些工作，不仅是要保存和鉴赏，更重要的是为了创造。他希望中国的青年能够看到外国的艺术，进而能创造出优秀的作品来。他曾自费出版画集 7 种，编辑出版画集 5 种，作美术评论文章 20 余篇，办木刻训练班一次，向国外输出木刻新作展览会一次，举办 3 次外国版画展览会。直到他去世前几天，还参加了第二届全国青年木刻展览会。

5. 左翼文坛盟主

鲁迅和创造社、太阳社的论争，在 1929 年的冬天停了下来。当时中共中央宣传部希望创造社和太阳社能够团结鲁迅，一起成立革命的群众组织，这就是后来的“左联”。

大约是 1928 年的冬天，在柔石的介绍下，冯雪峰走进了鲁迅的家。冯雪峰也是浙江人，与柔石是同学。当时，鲁迅正与创造社论战，想翻译一些无产阶级文艺理论方面的书，而冯雪峰也有意编一套《科学的艺术论丛书》，两人的合作从此开始。当时，冯雪峰是受共产党的指派前去接触鲁迅的，为"左联"的成立做准备，希望能得到鲁迅的支持。

1930年3月2日下午，中国左翼作家联盟在中华艺术大学举行了成立大会。鲁迅和夏衍、阿英被推选为大会主席。鲁迅在会上讲了话。他讲话时从靠窗的角落里站起来(他怕烟味熏人，一到会场就在那个角落里坐着)，从容不迫地侃侃而谈，声音不高，夹杂着一点绍兴口音，但一字一句，令人感到他是在把深思熟虑过的东西认真地表述出来。他没有一句客套话，一开始就是一个善意的尖锐的告诫：

> 我以为现在，"左翼"作家是很容易成为"右翼"作家的。为什么呢？第一，倘若不和实际的社会斗争接触，单关在玻璃窗内做文章，研究问题，那是无论怎样的激烈，"左"都是容易办到的；然而一碰到实际，便即刻要撞碎了。关在房子里，最容易高谈彻底的主义，然而也最容易"右倾"……第二，倘不明白革命的实际情形，也容易变成"右翼"。革命是痛苦，其中也必然混有污秽和血，决

不是如诗人所想象的那般有趣，那般完美，革命尤其是现实的事，需要各种卑贱的，麻烦的工作，决不如诗人所想象的那么浪漫……

鲁迅还提出了建设左翼文学的几点意见：第一，对于旧社会和旧势力的斗争，必须坚决，持久不断，而且注意实力。第二，战线应当扩大。第三，应当发展大群新的战士。第四，克服个人主义和小团体主义，为共同的目的而团结奋斗。如果目的都在工农大众，战线也就统一了。

在会上，鲁迅被选为“左联”常务委员。对于参加这次会议，鲁迅是怀着“但愿中国有英俊出于中国之心”，宁愿自己当做梯子，使年轻的一代真能由此爬得较高。十几年以来，鲁迅帮助未名社，帮助狂飙社，帮助朝华社，虽然总是失败，但他还是愿意为别人做梯子。这次列名“左联”，也是此意。

1930 年 1 月，“左联”还在筹备的时候，鲁迅和冯雪峰创办了《萌芽》月刊，“左联”成立后，《萌芽》成了“左联”的机关刊物之一。鲁迅和梁实秋关于文学阶级性的论战的文章，如《“硬译”与“文学的阶级性”》《“好政府主义”》《“丧家的”“资本家的乏走狗”》等就是在

《萌芽》上发表的。此外，鲁迅翻译的苏联法捷耶夫的长篇小说《毁灭》也是在《萌芽》上连载的。由于当时"左联"的激进方针，《萌芽》在第五期出版之后即被查禁了。

1930年6月，"左联"成立后不久，上海市教育局长潘公展，便联合黄震遐、朱应鹏、范争波、傅延长等人组织出版《前锋周报》和《前锋月刊》，提倡民族主义文学，攻击鲁迅和左翼作家。黄震遐在《前锋月刊》上发表了《陇海线上》和诗剧《黄人之血》，前者被称为"民族主义文学"代表作。鲁迅当即在左联的刊物《文学导报》上发表了《"民族主义文学"的任务和运命》，对所谓的"民族主义文学"运动进行揭露和批判。在文中，鲁迅指出："中国的'民族主义文学家'根本上只同外国主子休戚相关，为什么倒称'民族主义'，来蒙混读者，那是因为他们自己觉得有时好像拉丁民族，条顿民族了的缘故。"他们只不过是"殖民地顺民的'民族主义文学'。"这种文学运动的前途，"他们将只尽些送丧的任务，永含着恋主的哀愁，须到无产阶级革命的风涛怒吼起来，刷洗山河的时候，这才能脱出这沉滞猥劣和腐烂的运命"。

这时候，还发生了左翼作家与"自由人"和"第三种人”的论争。在批评“民族主义文艺运动”的时候，还有另外的一些作家，采取一种超然的态度，在批判“民族主义文艺”的同时，反对政治干涉文艺，如胡秋原说“将艺术堕落到一种政治的留声机，那是艺术的叛徒”，实际上也在批评左联，并且声称他要做一个“自由人”。作家苏汶撰文提出了“第三种人”的说法，强调文艺创作的自由。对于这两种说法，鲁迅发表了《论“第三种人”》，指出“生在有阶级的社会里而要做超阶级的作家，生在战斗的时代而要离开战斗而独立，生在现在而要做给予将来的作品，这样的人，实在也是一个心造的幻影，在现实世界上是没有的。要做这样的人，恰如用自己的手拔着头发，要离开地球一样”。

1931 年 1 月 17 日，左联作家柔石、殷夫、冯铿、胡也频等五人被捕，不久遇害。柔石被捕以后，鲁迅的处境也很危险，他在一处日本人开的公寓花园庄里避居。在得到柔石的消息后，鲁迅不顾危险，设法营救，无果。当他知道柔石牺牲的消息后，悲愤地写下一首悼诗：

惯于长夜过春时，挈妇将雏鬓有丝。

梦里依稀慈母泪，城头变幻大王旗。

忍看朋辈成新鬼，怒向刀丛觅小诗。
吟罢低眉无写处，月光如水照缁衣。

鲁迅无法忘怀那个勤奋的小伙子，也无法容忍这种残暴。一个月后，美国记者史沫特莱来访问鲁迅的时候，鲁迅把他写的《黑暗中国的文艺界的现状》交给她，希望能在国外发表，把这件惨案公布于世界。史沫特莱担心这样会危及鲁迅的安全，但鲁迅已经把自己的安全置之度外了，他说："中国总得有人出来说话。"他和史沫特莱一起起草了《为国民党屠杀同志致各国革命文学和文化团体及一切为人类进步而工作的著作家思想家书》的宣言，后来，这个宣言以《中国作家致全世界的呼吁书》为题，发表在美国《新群众》杂志上。

当局封锁了消息，禁止对此事进行报道。但烈士不能无名地死去，4 月，鲁迅和冯雪峰创办了《前哨》杂志，鲁迅亲自题写了刊名，创刊号就是"纪念死者专号"。在创刊号里，鲁迅带着极大的悲哀和愤怒写下了《中国无产阶级革命文学和前驱的血》，还写了《柔石小传》作为追悼烈士的悼文。鲁迅与史沫特莱共同起草的宣言也发表在创刊号上。在这期专号里，寄托着鲁迅最深切的哀思，也凝聚着鲁迅对残杀者的愤怒。

6. 国难关头

1931 年 9 月 18 日，日本发动“九一八”事变，一夜占领沈阳。两个月，日本占领整个东北三省。在这样一个生死存亡的关头，国民党采取不抵抗政策，反而忙于内部争斗，更没有出兵抗日的打算。全国各地学生运动不断，到了 11 月、12 月，有学生前往南京请愿，12 月 8 日，国民政府发表《告全国学生书》，指责学生请愿行为是“越轨”，12 月 17 日，在南京珍珠桥中央日报社附近发生镇压请愿学生的“珍珠桥惨案”，死伤四十余人。第二天，国民政府在通电里反而诬蔑学生“捣毁机关，阻断交通，殴伤中委，拦劫汽车……”等，并且说“友邦人士，惊诧莫名，长此以往，国将不国”。面对国民政府的这种态度，鲁迅怒不可遏，在他和冯雪峰刚刚创办的小报《十字街头》上，发表了《“友邦惊诧”论》，对国民政府的这种态度进行了严厉的抨击：

好个“友邦人士”！日本帝国主义的兵队强占了辽吉，炮轰机关，他们不惊诧；阻断铁路，追炸客车，捕禁官吏，枪毙人民，他们不惊诧。中国国民党治下的连年内战，空前水灾，卖儿救穷，砍头示众，秘密杀戮，电刑逼供，他们也不惊诧。在学生的请愿中有一点纷扰，他们就惊诧了！

可是“友邦人士”一惊诧，我们的国府就怕了，“长此以往，国将不国”了，好像失了东三省，党国倒愈像一个国，失了东三省谁也不响，党国倒愈像一个国，失了东三省只有几个学生上几篇“呈文”，党国倒愈像一个国，可以博得“友邦人士”的夸奖，永远“国”下去一样。

《十字街头》是“九一八”事变发生后，鲁迅为及时地、直接地发表意见和揭露真相而创办的。鲁迅在《十字街头》发表了很多的杂文，文辞犀利，以至于该报只出了三期就被查禁了。第一期里的《沉滓的泛起》揭露了一些人假借“国难声中”这个大题目来给自己做宣传，做广告的情形。《知难行难》是批评“新月派”的主张的。《好东西歌》写国民党各派系之间的内斗。第三期刊登的《“非所计也”》分析了《申报》上刊登的几条“要电”，指出不论在外交上还是在军事上，当局对于日本的进攻都无法应付，只好表示“即不幸而挫败，非所计也”；但另一方面，对于国内的爱国学生运动，却准备残酷地镇压。另一篇《水灾即“建国”》，从国民党官办的《建国月刊》上刊登的四幅水灾摄影插图这件事，指出他们所说的“建国”的实际含义：只不过是建立了一个灾荒遍地、民不聊生的国家。

1932年1月28日晚，日本军队突然向驻防上海的第19路军发起进攻，19路军奋起反击，淞沪抗战开始。鲁迅居住的北四川路临近战区，直接受到炮火的威胁，鲁迅带着家人到英租界内的内山书店避乱。直到3月19日，才搬回家中。

淞沪战争刚刚爆发的时候，鲁迅和茅盾、叶圣陶、胡愈之、郁达夫、沈端先等40多位作家学者，联合发表了《上海文艺界告全世界无产阶级和革命的文化团体及作家书》，向全世界呼吁反对日本帝国主义惨无人道的屠杀，转变帝国主义战争为世界革命战争，打倒日本帝国主义、国际帝国主义，反对瓜分中国的战争，保护中国革命。

1933年初，日军攻陷山海关，北平受到威胁，国民政府的不抵抗政策受到党内一部分人的反对。以“攘外必先安内”为借口，国民政府的特工也开始了白色恐怖活动，对那些反对派以及社会民主人士进行暗杀。中国民权保障同盟总干事杨杏佛、《申报》负责人史量才等被暗杀了。

1932年12月，中国民权保障同盟成立，以宋庆龄为主席，蔡元培为副主席，杨杏佛为总干事。1933年1月17日，中国民权保障同盟上海分会成立，鲁迅被推举为执行委员。这年的6月，杨杏佛在上海法租界被刺杀。在杨杏佛入殓的那天，国民党特务又传出了威胁的风声。鲁迅毫不犹豫地前去送殓，并且出门的时候没有带钥匙，以示决绝。对于杨杏佛的死，鲁迅很是悲痛，在送殓回来，写了一首《悼杨铨》：

岂有豪情似旧时，花开花落两由之。
何期泪洒江南雨，又为斯民哭健儿。

1933年的时候，上海的《申报》副刊《自由谈》的编辑换了人，由刚从法国回来的黎烈文负责。鲁迅受郁达夫的邀请，为《自由谈》撰写文章。后来，鲁迅把在《自由谈》上发表的杂文编为《伪自由书》和《准风月谈》。这年11月，《申报》负责人史量才被刺杀。

白色恐怖，不但没有吓倒鲁迅，反而激起了他斗争的激情，他在写给朋友的信里说：只要我还活着，就要拿起笔，去回敬他们的手枪。

也正是在白色恐怖的笼罩下，鲁迅结识了共产党人瞿秋白。1932年，鲁迅至北京省亲，回到上海的时候,发现家里多了两个人,这就是瞿秋白夫妇。因为受到特务的注意,冯雪峰把他们带到鲁迅的家中,暂时躲避了起来。鲁迅和瞿秋白以前并未见过面,但却有过通信往来。鲁迅翻译的《毁灭》,冯雪峰曾经拿去给瞿秋白看过,瞿秋白在信中很坦率地指出译文中的问题。这次避难,两人在一起朝夕相处20几天,结下了深厚的友谊。他们互相钦佩对方的见解和文学才华,有时候还一起撰写文章。1933年2月,瞿秋白第二次在鲁迅家中避难,期间瞿秋白写的文章,都是寄到《申报·自由谈》等报刊发表的。鲁迅还把瞿秋白的文章署上他的笔名发表。发表后,也收集在自己的杂文集里。在鲁迅的杂文集《伪自由书》《准风月谈》和《南腔北调集》里,有十余篇文章都是瞿秋白所作。

1933年的3月,瞿秋白编选《鲁迅杂感选集》,选录了鲁迅的杂文74篇,为书写了一篇长序。序言第一次分析了鲁迅思想发展的过程,高度评价了鲁迅杂文的战斗意义。说这些杂文"反映着'五四'以来中国的思想斗争的历史"。杂感这种文体,"将要因为鲁迅先生而变成文艺性的论文的代名词"。《鲁迅杂感选集》由北新书局出版后,鲁迅写信给书局老板李小峰说"编者似颇用心,故我拟送他300元"。鲁迅自己也很认同瞿秋白的分析和评价，他曾给瞿秋白写过一副对联：“人生得一知己足矣，斯世当以同怀视之。”在瞿秋白牺牲以后，鲁迅亲自编选他的作品选集和译文集。在鲁迅生命的最后一年里，病情反复，但他仍然坚持把瞿秋白的译著整理出来。1936 年 10 月 2 日，鲁迅终于拿到了瞿秋白的文集《海上述林》上卷的样书，但鲁迅已经无法看到下卷的样书了。

7. 萧军和萧红

在柔石牺牲后，鲁迅写了《为了忘却的记念》一文，文中评价柔石：“无论从旧道德，从新道德，只要是损己利人的，他就挑选上，自己背起来。”这又何尝不是鲁迅自己的写照呢?！鲁迅帮助过很多的青年作家。对于青年，他总是愿意尽力去帮助，哪怕是曾经与自己发生争论的。他愿意做别人的梯子，只要是于国家、民族有利的。他要肩起黑暗的闸门，放他们到宽阔光明的地方。

1934 年 11 月 30 日下午，在上海北四川路的一个咖啡馆里，鲁迅一家人在这里与萧军和萧红会面。萧军和萧红是刚从东北沦陷区逃出来的。他们都有着悲凉和凄楚的身世，又都美好地憧憬并执著地追求着未来的生活。萧军自幼便有侠义精神,后入东北陆军讲武堂,因反抗学堂教官的辱骂而被除名。随后他流落到哈尔滨,在报馆做业余编辑。萧红 9 岁时母亲去世,后因逃婚而出走哈尔滨,身无分文,被旅馆扣留,在萧军的帮助下,才脱离危险。从此,两人开始了文学活动。但却因为进步的倾向,受到了日本特务的注意,无奈之下,离开了东北。

当他们辗转漂泊到上海,生活没有着落,文学理想也无法实现的时候,他们给鲁迅写了一封信,希望得到先生的帮助。正是在这次会面后,鲁迅掏出了早已准备好的 20 元钱,帮助他们维持生活。不久后,又邀请他们到他家里来做客。正是在鲁迅的帮助下,萧军和萧红才完成了他们的成名作品。1934 年 11 月底,萧军和萧红把他们创作的小说《八月的乡村》和《生死场》交给鲁迅看。1935 年春天,鲁迅开始认真阅读这两部小说,订正错别字,修改格式,肯定优点,指出不足。鲁迅热情地肯定了萧军的《八月的乡村》是一部很好的小说,因为它反映了东北人民的抗日斗争,“显示着中国的一份和全部,现在和未来,死路和活路”。小说不仅驮载着作者的苦痛和欢乐,也带着我们古老民族的耻辱和光荣的印记。对于萧红的《生死场》,鲁迅赞扬了“女性作者的细致的观察和越轨的笔致”。一位纤弱的小辫子姑娘，居然能把“北方人民的对于生的坚强，对于死的挣扎”，描绘得“力透纸背”。

在鲁迅的帮助下，萧军的《八月的乡村》和萧红的《生死场》作为“奴隶丛书”出版，鲁迅亲自撰写了序言。在这两部小说出版后，受到了一些批评家的批评，鲁迅还撰写了《三月的租界》为之辩护，保护正在成长的青年作家，正如萧红说的“安慰着两个漂泊的灵魂”。

8.《故事新编》

1935 年秋天，巴金为他计划中的《文学丛刊》第一集向鲁迅约稿，鲁迅答应了。不久文化生活出版社就登出了广告，并说要在旧历年以前出齐，鲁迅就在这年的 11 月和 12 月写了《理水》《采薇》《出关》和《起死》4 篇。在此之前，鲁迅已经写了与上述 4 篇在风格上类似的四篇小说《补天》(1922 年，原题为《不周山》)《奔月》《铸剑》《非攻》，这 8 篇小说合为一集，是为《故事新编》。

《故事新编》是以古代的史实和神话传说为素材并加以演义而成的，用鲁迅自己的话说就是中国古代“神话、传说及史实的演义”。这8篇小说尽管是在不同时期写的，前后相距有10余年，但在鲁迅的脑海里完全是一个互有关联的整体，体现了鲁迅的完整的历史观和哲学观。

鲁迅说，他写《故事新编》是“只取一点因由，随意点染，铺成一篇”。这里的“故事”（包括神话、传说即史实）指的是人类历史早期对于外部世界及自身的一种认识，“新编”就是身处20世纪二三十年代的作者对于这种认识的再认识，其间自然要渗透新的时代精神与作家个人的某些内心体验。《故事新编》中的8篇小说都可以在史书记载中找到原型，不过鲁迅在采用这些历史原型时“没有将古人写得更死，却也许暂时还有存在的余地罢”。如《补天》采用的是女娲造人与补天的神话原型，《奔月》采用的是后羿射日和嫦娥奔月的神话和传说的原型，《理水》采用的是大禹治水的史书记载，《采薇》采用的是史书中关于伯夷、叔齐的记载，《非攻》是从古代典籍《墨子》中采取原型的。但鲁迅并没有拘泥于历史原型，而是打通历史与现实的联系，借古喻今，古为今用，将现实的场景融入到历史中去，让现实的观念与古代的观念碰撞，生发出新的意境。比方说，鲁迅在《理水》中写到众学者在文化山上大谈莎士比亚，谈维他命；在《起死》《出关》中，庄子、老子、孔子会与身揣警笛的警察打交道。所以当时《故事新编》出版后，茅盾就感到这是独一无二的开创性作品，对其大加赞赏，他说："用历史事实为题材的文学作品，自'五四'以来，已有了新的发展。鲁迅先生是这一方面的伟大开拓者和成功者。"

鲁迅在《故事新编》中试图打通历史与现实的联系，其目的在于借古喻今、古为今用。比如在《非攻》中，鲁迅把墨子宣传"兼相爱、交相利"的思想主张，与当时的政治形势联系起来，讽刺了国民党政府发出的慷慨激昂的空论"民气说"。在《理水》中，被鲁迅辛辣讽刺的文化山上的"学者名流"和水灾考察大员，人们一眼就能看出他们就是现实中受到鲁迅批评的教授们和国民党政府的官僚。鲁迅的借古喻今往往是信手拈来。1922 年，鲁迅写第一篇小说《补天》时，恰好读到胡梦华对汪静之的新诗集《蕙的风》的儒腐批评，十分反感。鲁迅便在小说中加入了一个渺小而又滑稽的"古衣冠的小丈夫"，捎带着将封建卫道士的嘴脸进行了揭露和嘲讽。《非攻》在《故事新编》中属于写得非常老实的一篇，小说中的素材几乎都是从历史史籍中直接挪移过来的，鲁迅并没有过多地加以虚构或想象，同样写历史人物,《非攻》就不像《理水》那样充满了现实性的叙述。但是,《非攻》的朴实的叙述方式却突出了鲁迅对墨子的实践性精神的肯定。

当然,《故事新编》绝不是简单地古为今用,不是针对现实的人和事简单地发些议论,更重要的是,鲁迅通过这样一种新的、自由的历史小说样式,表达了他的深邃的思想。著名学者钱理群对《故事新编》的思想价值有一个非常精到的评价,他说:"鲁迅《故事新编》对中国传统中的神话英雄(从女娲到后羿、夏禹)与圣贤人物(从孔子到庄子、老子、墨子,以至伯夷、叔齐)进行了重新审视,把他们从神圣的高台上拉回到日常生活情景中,抹去了英雄主义、浪漫主义的神光,还原于常人、凡人的本相,揭示了他们真实的矛盾,成功与失败,欢乐与痛苦,并透露出鲁迅自身内心深处的深刻绝望。对'神圣之物(人)'的这种反思(还原),显示了鲁迅思想的彻底。"(钱理群:《故事新编解说》,《走进当代的鲁迅》第135—136页,北京大学出版社1999年版)

9. 生命的最后一年

进入1936年,鲁迅的身体每况愈下,元旦刚过就生病了。1 月 3 日，日记里记“夜肩及胁均大痛”，1 月 4 日记“往须藤医院诊”，3 月 2 日记“下午骤患气喘，即请须藤先生来诊，注射一针”，3 月 15 日记“须藤先生来诊”，到 5 月 15 日，给曹靖华的信说“日前无力，今日看医生，云是胃病，大约服药七八天，就要好起来了”。5 月 23 日给赵家璧的信说“发热已近十日，不能外出”。鲁迅的病日渐沉重起来，史沫特莱要介绍一个肺病专家来给鲁迅看，但鲁迅不同意。一直拖到 5 月 31 日，史沫特莱请来了美国的邓恩医生。邓恩医生诊断结果说是肺病，需要立即抽取肋膜的积水，但须藤医生不认为如此。但是，到 6 月 5 日之后，鲁迅已经无法记日记了。6 月 15 日，去医院照了 X 光片，证实了邓恩医生的诊断。直到 6 月 30 日才又渐渐好起来，又开始记日记了。

就在鲁迅病重期间，还发生了让他烦恼和伤心的事。这就是“左联”的解散和“左联”内部关于“国防文学”和“民族革命战争的大众文学”这两个口号的论战。

1936 年 1 月 19 日，鲁迅接到萧三代表王明、康生等中共领导人从莫斯科寄来的，通知解散“左联”的信。这时期，党的政策进行了调整，提出无论各党派间在过去和现在有任何政见和利害的不同，都应当停止内争，一致对外。鲁迅把信转给了周扬，于是，周扬、夏衍等“左联”的党员作家决定根据萧三的通知解散左联，另外成立一个统一战线性质的文艺家协会，并提出了一个“国防文学”的口号作为当前文学运动的口号。

虽然鲁迅对于“左联”还有很多的保留意见，但却不同意解散。但周扬等还是坚决贯彻萧三“莫斯科来信”的精神，最后解散了“左联”。对此鲁迅耿耿于怀，他拒绝加入周扬等正在忙着筹建的“中国文艺家协会”，也不认同“国防文学”的提法，认为这个口号在理论上表述不完备，界线模糊。4 月底，冯雪峰从陕北再次来到上海。冯雪峰根据已经长征到达陕北之后中共中央新的抗日民族统一战线的精神，在与鲁迅、茅盾商量后，由胡风撰文提出了“民族革命战争的大众文学”的口号。当时代表“左联”党组织的周扬等人，认为这是胡风等人故意和“国防文学”口号作对，便组织许多文学家撰文反驳并围攻胡风等。于是“两个口号”论争骤然升级。

这时鲁迅正在病中，且日渐严重。但“两个口号”的论争却不能让他安心静养，有人指责他破坏统一战线、破坏国家大计，还说他是托洛茨基派。8 月 2 日，他收到了时为“左联”书记并代表“左联”常委会同鲁迅联系的徐懋庸的来信，指责他“最近半年来的言行，是无意地助长着恶劣的倾向的”。鲁迅收到信后极为震怒，决定回击徐懋庸。但病情使他艰于执笔，这时冯雪峰自告奋勇地表示他愿意替先生起草回信。这封回信最终由冯雪峰起草，经鲁迅改定后题为《答徐懋庸并关于抗日统一战线问题》。鲁迅在信中透彻地解释了“两个口号”的内涵和关系，并借反驳徐懋庸，敲打周扬等“四条汉子”。

但战士在战斗之余，同样也伤害了自己。徐懋庸的来信，对鲁迅的刺激很大。在《华盖集·杂感》里，鲁迅说“死于敌手的锋刃，不足悲苦；死于不知何来的暗器，却是悲苦的。但是最悲苦的是死于慈母或爱人误进的毒药，战友乱发的流弹，病菌的并无恶意的侵入……”。在“两个口号”论争中，鲁迅内心的悲苦由此可见一斑。因此，鲁迅这一时期曾有离开上海几个月，远去日本或苏联疗养的计划，但最终没有实现。

10 月 8 日，鲁迅抱病前往八仙桥青年会参观“第二次全国木刻联合流动展览”；9 日，写了《关于太炎先生二三事》；17 日上午，续写了《因太严先生而想起的二三事》。下午，鲁迅感觉身体渐好，遂在胡风的陪同下,去日本作家鹿地亘那里坐了一会。其时,鹿地亘正在翻译鲁迅的杂文。晚上,周建人来,鲁迅还与他说起了搬房子的事。但到了18日凌晨,病情急剧恶化,气喘不止。医生不断注射,并吸氧,但仍然喘息不止。19日晨5时25分,鲁迅与世长辞。

鲁迅逝世后,停灵上海万国殡仪馆。连续3天,前来瞻仰遗容的人络绎不绝。23日下午安葬时,自发来送葬的共有7000多人,灵柩上覆盖着一面白底黑字的大旗,上面是沈钧儒手书的“民族魂”3个大字。

10.《死》

鲁迅临终前没有留下遗言,在1936年9月5日,他写过一篇《死》,其中的一些内容是可以看做遗嘱的:

死

当印造凯绥·珂勒惠支(Kaethe Kollwitz)所作版画的选集时,曾请史沫德黎(A Smedley)女士做一篇序。自以为这请得非常合适,因为她们俩原极熟识的。不久做来了,又逼着茅盾先生译出,现已登在选集上。其中有这样的文字:“许多年来，凯绥·珂勒惠支——她从没有一次利用过赠授给她的头衔——作了大量的画稿，速写，铅笔作的和钢笔作的速写，木刻，铜刻。把这些来研究，就表示着有二大主题支配着，她早年的主题是反抗，而晚年的是母爱，母性的保障，救济，以及死。而笼照于她所有的作品之上的，是受难的，悲剧的，以及保护被压迫者深切热情的意识。

“有一次我问她：‘从前你用反抗的主题，但是现在你好像很有点抛不开死这观念。这是为什么呢？’用了深有所苦的语调，她回答道，‘也许因为我是一天一天老了！’……”

我那时看到这里，就想了一想。算起来：她用“死”来做画材的时候，是1910年顷；这时她不过四十三四岁。我今年的这“想了一想”，当然和年纪有关，但回忆十余年前，对于死却还没有感到这么深切。大约我们的生死久已被人们随意处置，认为无足重轻，所以自己也看得随随便便，不像欧洲人那样的认真了。有些外国人说，中国人最怕死。这其实是不确的，——但自然，每不免模模胡胡的死掉则有之。

大家所相信的死后的状态，更助成了对于死

的随便。谁都知道，我们中国人是相信有鬼（近时或谓之“灵魂”）的，既有鬼，则死掉之后，虽然已不是人，却还不失为鬼，总还不算是一无所有。不过设想中的做鬼的久暂，却因其人的生前的贫富而不同。穷人们是大抵以为死后就去轮回的，根源出于佛教。佛教所说的轮回，当然手续繁重，并不这么简单，但穷人往往无学，所以不明白。这就是使死罪犯人绑赴法场时，大叫“20年后又是一条好汉”，面无惧色的原因。况且相传鬼的衣服，是和临终时一样的，穷人无好衣裳，做了鬼也决不怎么体面，实在远不如立刻投胎，化为赤条条的婴儿的上算。我们曾见谁家生了小孩，胎里就穿着叫化子或是游泳家的衣服的么？从来没有。这就好，从新来过。也许有人要问，既然相信轮回，那就说不定来生会堕入更穷苦的景况，或者简直是畜生道，更加可怕了。但我看他们是并不这样想的，他们确信自己并未造出该入畜生道的罪孽，他们从来没有能堕畜生道的地位，权势和金钱。

然而有着地位，权势和金钱的人，却又并不觉得该堕畜生道；他们倒一面化为居士，准备成佛，一面自然也主张读经复古，兼做圣贤。他们像活着时候的超出人理一样，自以为死后也超出了轮回的。至于小有金钱的人，则虽然也不觉得该受轮回，但此外也别无雄才大略，只豫备安心做鬼。所以年纪1到50上下，就给自己寻葬地，合寿材，又烧纸锭，先在冥中存储，生下子孙，每年可吃羹饭。这实在比做人还享福。假使我现在已经是鬼，在阳间又有好子孙，那么，又何必零星卖稿，或向北新书局去算账呢，只要很闲适的躺在楠木或阴沉木的棺材里，逢年逢节，就自有一桌盛馔和一堆国币摆在眼前了，岂不快哉！

就大体而言，除极富贵者和冥律无关外，大抵穷人利于立即投胎，小康者利于长久做鬼。小康者的甘心做鬼，是因为鬼的生活（这两字大有语病，但我想不出适当的名词来），就是他还未过厌的人的生活的连续。阴间当然也有主宰者，而且极其严厉，公平，但对于他独独颇肯通融，也会收点礼物，恰如人间的好官一样。

有一批人是随随便便，就是临终也恐怕不大想到的，我向来正是这随便党里的一个。30年前学医的时候，曾经研究过灵魂的有无，结果是不知道；又研究过死亡是否苦痛，结果是不一律，后来也不再深究，忘记了。近10年中，有时也为了朋友的死，写点文章，不过好像并不想到自己。这两年来病特别多，一病也比较的长久，这才往往记起了年龄，自然，一面也为了有些作者们笔下的好意的或是恶意的不断的提示。

从去年起，每当病后休养，躺在藤躺椅上，每不免想到体力恢复后应该动手的事情：做什么文章，翻译或印行什么书籍。想定之后，就结束道：就是这样罢——但要赶快做。这"要赶快做"的想头，是为先前所没有的，就因为在不知不觉中，记得了自己的年龄。却从来没有直接的想到"死"。

直到今年的大病，这才分明的引起关于死的豫想来。原先是仍如每次的生病一样，一任着日本的S医师的诊治的。他虽不是肺病专家，然而年纪大，经验多，从习医的时期说，是我的前辈，又极熟识，肯说话。自然，医师对于病人，纵使怎样熟识，说话是还是有限度的，但是他至少已经给了我两三回警告，不过我仍然不以为意，也没有转告别人。大约实在是日子太久，病象太险了的缘故罢，几个朋友暗自协商定局，请了美国的D医师来诊察了。他是在上海的唯一的欧洲的肺病专家，经过打诊，听诊之后，虽然誉我为最能抵抗疾病的典型的中国人，然而也宣告了我的就要灭亡；并且说，倘是欧洲人，则在5年前已经死掉。这判决使善感的朋友们下泪。我也没有请他开方，因为我想，他的医学从欧洲学来，一定没有学过给死了5年的病人开方的法子。然而D医师的诊断却实在是极准确的，后来我照了一张用X光透视的胸像，所见的景象，竟大抵和他的诊断相同。

我并不怎么介意于他的宣告，但也受了些影响，日夜躺着，无力谈话，无力看书。连报纸也拿不动，又未曾炼到“心如古井”，就只好想，而从此竟有时要想到“死”了。不过所想的也并非“20年后又是一条好汉”，或者怎样久住在楠木棺材里之类，而是临终之前的琐事。在这时候，我才确信，我是到底相信人死无鬼的。我只想到过写遗嘱，以为我倘曾贵为宫保，富有千万，儿子和女婿及其他一定早已逼我写好遗嘱了，现在却谁也不提起。但是，我也留下一张罢。当时好像很想定了一些，都是写给亲属的，其中有的是：

一，不得因为丧事，收受任何人的一文

钱。——但老朋友的，不在此例。

二，赶快收敛，埋掉，拉倒。

三，不要做任何关于纪念的事情。

四，忘记我，管自己生活。——倘不，那就真是胡涂虫。

五，孩子长大，倘无才能，可寻点小事情过活，万不可去做空头文学家或美术家。

六，别人应许给你的事物，不可当真。

七，损着别人的牙眼，却反对报复，主张宽容的人，万勿和他接近。

此外自然还有，现在忘记了。只还记得在发热时，又曾想到欧洲人临死时，往往有一种仪式，是请别人宽恕，自己也宽恕了别人。我的怨敌可谓多矣，倘有新式的人问起我来，怎么回答呢？我想了一想，决定的是：让他们怨恨去，我也一个都不宽恕。

但这仪式并未举行，遗嘱也没有写，不过默默的躺着，有时还发生更切迫的思想：原来这样就算是在死下去，倒也并不苦痛；但是，临终的一刹那，也许并不这样的罢；然而，一世只有一次，无论怎样，总是受得了的……后来，却有了转机，好起来了。到现在，我想，这些大约并不是真的要死之前的情形，真的要死，是连这些想头也未必有的，但究竟如何，我也不知道。

作品赏析

阿 Q 正传

［赏析］

《阿Q正传》是鲁迅作品中篇幅最长的小说。它不仅是中国文学最伟大的代表作之一，也是20世纪世界文学的名著。其主人公阿Q，与莎士比亚塑造的“哈姆雷特”、塞万提斯塑造的“堂吉诃德”一样，已经成为世界文学人物画廊里具有独特光彩的“这一个”。

《阿Q正传》创作于1921年12月至1922年2月间。在此期间，它在北京《晨报·副刊》分章连载，每周或隔周刊登一次，署名“巴人”。后收入鲁迅的小说集《呐喊》。

关于《阿Q正传》，后来成为文物专家的王冶秋先生在20世纪40年代有一篇《阿Q正传·读书笔记》，是这样表达自己阅读这篇小说时的感受的：

用幽默的笔法写阴惨的事迹，这是果戈理和显克微支二人得意的事，《阿Q正传》的成功也在于此。

这篇民族的杰作，绝不是看一遍所能消化的：看第一遍：我们会笑得肚子痛；第二遍：才咂一点不是笑的成分；第三遍：鄙弃阿Q的为人；第四遍：鄙弃化为同情；第五遍：同情化为深思的眼泪；第六遍：阿Q还是阿Q；第七遍：阿Q向自己身上扑来，要和你“困觉”；第八遍：合而为一；第九遍：化为你的亲戚故旧；第十遍：扩大到你的左邻右舍；十一遍：扩大到全国；十二遍：甚至扩大到洋人的国土；十三遍：你觉得它是一面镜子；十四遍：也许是报警器；

……

总之你要不看他个十遍二十遍，总是“轻飘飘”；看了十遍二十遍以后，你就会如同阿Q渐渐觉得走向法场，“嚓”的去杀头，才会“两眼发黑，耳朵里嗡的一声，似乎昏了”。才觉得许多眼睛似乎连成一气，已经在那里咬你的灵魂，你也便会像阿Q样自然的喊起：“救命”来！

——《抗战文艺》（月刊）1940年12月1日第6卷第4册

王冶秋先生形象而生动的表达，确实代表了许多阅读这篇小说的读者的真实感受。小说在整体上确实是

“用幽默的笔法写阴惨的事迹”，而小说中的主人公阿Q，我们感觉确实是非常面熟：是我？是你？也是他！阿Q，既是中国人品性的结晶，也代表了某些普遍的人性。对于每个读者，阿Q首先是一面让我们每一个人自我反照的“镜子”。在“照相”之后，我们似乎才看到了自己的“真容”——原来想象中的“自我”是虚幻的！就此意义而言，阿Q对于我们“也许是报警器”。

那么，鲁迅通过阿Q要告诉我们什么呢？也就是说，《阿Q正传》这篇小说的主题是什么呢？鲁迅自己曾在《俄文译本〈阿Q正传〉序》里说过，他要“写出一个现代的我们国人的魂灵来”，而他诉诸的对象，就是我们的传主——阿Q。这也就是说，鲁迅在《阿Q正传》中试图通过阿Q这个人物来画出国民的灵魂，集中地揭露了传统的中国文明对民众从物质到精神戕害的严重性，使人们痛切地感受到改造“国民性”，进行全民性的新文化启蒙的迫切性和重要性的。

《阿Q正传》采用的是传统的“纪传体”的叙事方法，即通过传主的行状和命运来刻画人物的性格。《阿Q正传》主要写了两件事：一是“优胜纪略”，即阿Q的“精神胜利法”的种种形态和表现；二是“不准革命”，即阿Q在辛亥革命到来之际被排斥乃至戕害的最终命运。通过这两件事，“阿 Q”的形象立刻站了起来，竟至于向我们扑了过来，要和我们“困觉”！

在“未庄社会”，阿 Q 的现实处境是极为悲惨的。他在政治和经济上属于典型的“三无人员”：身份上既无无名姓、无籍贯、无来历，经济上无职业、无财产、无老婆，“阿 Q 没有家，住在未庄的土谷祠里；也没有固定的职业，只给人家做短工，割麦便割麦，舂米便舂米，撑船便撑船。工作略长久时，他也或住在临时主人的家里，但一完就走了”。阿 Q 本来也有娶妻生子的自然愿望，但在向小寡妇吴妈求爱时，却遭到了赵老太爷之流（包括吴妈自己）的横加干预和摧折。有一次阿 Q 为了给自己“正名”，向人夸口说自己与赵老太爷是本家，也姓赵，细细地排起来比秀才还长三辈呢。对这样的身份诉求，未庄的最高统治者赵老太爷最后硬是用政治手段给镇压了下去。这也就是说，阿 Q 在经济上受剥削，政治上受压迫，在精神上也是属于“被侮辱被损害者”，实际上阿 Q 在未庄社会的处境是一个“奴隶”的地位，甚至连“奴隶”都不如。如果阿 Q 能够正视现实，他自然会为了改变这样的奴隶境地而挣扎或奋斗。然而阿 Q 却不能！他在世界上得不到做人的权利，不受尊重，他只能向内转为自我膨胀，内转为有如粤谚所谓的“背后骂皇帝”式的“精神胜利法”。这是阿

Q的“活法”，也是他灵魂的基石。这也就是说，阿Q“自我感觉良好”：“阿Q又很自尊，所有未庄的居民，全部在他眼睛里，甚至至于对于两位‘文童’也有以为不值一笑的神情。”本来，阿Q可以很好的生活了，但偏偏问题又来了：

> 阿Q“先前阔”，见识高，而且“真能做”，本来几乎是一个“完人”了，但可惜他体质上还有一些缺点。最恼人的是在他头皮上，颇有几处不知于何时的癞疮疤。这虽然也在他身上，而看阿Q的意思，倒也似乎以为不足贵的，因为他讳说“癞”以及一切近于“赖”的音，后来推而广之，“光”也讳，“亮”也讳，再后来，连“灯”“烛”都讳了。一犯讳，不问有心与无心，阿Q便全疤通红的发起怒来，估量了对手，口讷的他便骂，气力小的他便打；然而不知怎么一回事，总还是阿Q吃亏的时候多。于是他渐渐的变换了方针，大抵改为怒目而视了。

其实，这个时候的阿Q还是个清醒的现实主义者，还没逃避现实，还能够“直面人生”。但无论如何，阿Q现实力量还是不够，随着他对于现实挑战的抵御能力的减弱，他才逐渐堕入到自欺欺人的“精神胜利法”的怪圈中去了。这种“精神胜利法”表现为三种形态：

首先是“自轻自贱”——自己糟蹋自己、自己作践自己，然后是以“第一个”自居而在心理上“转败为胜”，这样，他就可以在精神上克服了“怨敌”，胜利凯旋了（他挨“闲人”们的“打”时就是这种方式）；其次是“忘却”——他在被王胡制服并被“假洋鬼子”打了“哭丧棒”之后，就是以这种“忘却”的方式来解脱自己的：“在阿Q的记忆上，这大约要算是生平第二件的屈辱。幸而拍拍的响了之后，于他倒似乎完结了一件事，反而觉得轻松些，而且‘忘却’这一件祖传的宝贝也发生了效力，他慢慢地走，将到酒店门口，早已有些高兴了”；再次是“转移”目标——通过欺侮更弱者如小尼姑之流来泄愤，以达到心理上“替代性转移”的目的。

就这样，阿Q的精神内核通过鲁迅的生动描述被逐渐的呈示了出来。这就是肉体和精神的分离所带来的“精神分裂症”或“精神胜利法”。其具体表现就是指弱者在强者面前得不到物质上的胜利（得到的只是欺侮与压迫），又不去以自强的行动去争取这种胜利之时，而采用的以一种虚妄、想象的精神安慰来缓解和冲淡心灵痛苦的方式，是一种消极的自我麻醉，具有自欺欺人、自我解嘲、自甘屈辱而又妄自尊大等特征。鲁迅力图画出国民的灵魂，阿Q实际是在闰土、祥林嫂、爱姑以及阿Q周围的民众中选出的一个代表，他们有着共同的不觉悟的精神世界；更有意味的是，“精神胜利法”也是“食人”阶层的通病，相对于更强大的物质力量，他们也同样暴露出“国民的弱点”。因此，鲁迅对阿Q性格的细致刻画，具有典型概括的广度，揭示了“国民性”的整体性存在特征，也充分显示了启蒙者文化批判的时代深度。

《阿Q正传》所叙述的另一个重点就是“阿Q式的革命”。生存的困境和长期失败所形成的心理不平使阿Q必然要革命。但是，鲁迅使我们看到，阿Q的革命是可怕的：只要阿Q成了革命党，未庄人便都是他的俘虏。他的革命理想是“要什么就是什么，欢喜谁就是谁”。他的革命可以概括为三件事：一是报复性的杀戮：“这时未庄的一伙鸟男女才好笑哩，跪下叫道，‘阿Q，饶命！’谁听他！第一个该死的是小D和赵太爷，还有秀才，还有假洋鬼子……留几条么？王胡本来还可留，但也不要了。”第二是掠夺财物：“直走进去打开箱子来：元宝，洋钱，洋纱衫……秀才娘子的一张宁式床先搬到土谷祠，此外便摆了钱家的桌椅，——或者也就用赵家的罢。自己是不动手的了，叫小D来搬，要搬得快，搬得不快打嘴巴。”第三是占有女人："赵司晨的妹子真丑。邹七嫂的女儿过几年再说。假洋鬼子的老婆会和没有辫子的男人睡觉，吓，不是好东西！秀才的老婆是眼胞上有疤的。……吴妈长久不见了，不知道在那里，——可惜脚太大。"这样的革命只是几千年吃人历史的循环，不会带来鲁迅所希望的"第三样时代"。

但问题在于，就是这样的"阿Q式的革命"，小说也没有让他搞成。阿Q的结局最后是悲惨之极：他被莫名其妙地当做抢劫犯给"示众"并"砍头"了。实际上，我们从小说看到的是，"赵家遭抢"很可能是赵老太爷所设的一个"局"或"阴谋"：城里的举人老爷害怕"革命"，把自家的宝贝装箱送到了"转折亲"赵老太爷家里。赵老太爷见财生歹意，遂设计了"赵家遭抢"的事件。举人老爷失了财，逼着官府破案。官府为了尽快结案，就以阿Q为抢劫的主犯，杀头了事。阿Q之死，真是比窦娥还冤！尽管阿Q之死值得同情，但阿Q式的革命即使成功了，又能怎样呢？还不只是历史的循环，奴隶制秩序的延续吗？因此，鲁迅最后让阿Q以"大团圆"的方式去死，是在"鸣枪示警"：中国革命决不能是阿Q式的革命，如果阿Q式的革命在中国取得成功，将是中国革命的一大悲剧。阿Q的被处决，代表了鲁迅的良苦用心。

《阿Q正传》在艺术上的最大特点就是成功地运用了反讽的手法。这种“反讽”的特点就是王冶秋先生所谓的“用幽默的笔法写阴惨的事迹”——通篇的故事都在幽默中叙述，在笑声中体验到了人生的“大悲哀”，也就是悲惨得不能再悲惨的故事。而结尾的“大团圆”的名字，正隐喻了这样的反讽的艺术效果——它既是对阿Q冤情的反讽式诠释，又象征着中国传统文学“大团圆”结局的反讽式终结。

在酒楼上

[赏析]

《在酒楼上》写于1924年2月16日，最初发表于1924年5月10日上海《小说月报》第15卷第5号，后收入小说集《彷徨》。周作人认为，《在酒楼上》是“最富鲁迅气氛”的小说。

为什么说《在酒楼上》是“最富鲁迅气氛”的小说呢？这是因为《在酒楼上》所表现出的强烈的抒情气氛和主观色彩与鲁迅的诗人气质相契合。鲁迅曾自陈，他是“散文化”的人，但当李长之说他是“诗人”，他却欣然同意。“诗人气质和散文化的人”，或者说“以散文来书写自我内心的诗情”，是鲁迅小说的另外一个艺术特质。《在酒楼上》就是如此。

《在酒楼上》这篇小说中，主人公吕纬甫回到故乡所办的两件事：一是回乡来给小兄弟迁葬；二是给旧日东邻船户长富的女儿顺姑送剪绒花。第一件事即给“小兄弟”

迁葬的事，是有实指的。鲁迅三兄弟之外，还有一个四弟，名椿寿，生于1893年，长得白白胖胖，非常健康，也非常可爱。鲁迅一家，尤其是母亲非常喜欢他。1898年，椿寿突患急性肺炎去世，死时已年满6岁。但小说中说是“3岁”，显然是虚构，因为这毕竟是小说。椿寿之死对鲁迅母亲打击很大，她经常精神恍惚，提起椿寿的时候还似乎要下泪。为此，周作人还托绍兴的画师叶雨香专门给四弟画了一张像，以寄托哀思。这张画后来搬家时被带到北京，一直挂在鲁迅母亲房里足足45年，陪伴了鲁迅母亲一生。民国八年岁末(1919年)，鲁迅回绍兴处理旧房产时，曾经遵照母亲的吩咐，将四弟椿寿的坟迁到他父亲的墓地，并在坟前竖有一块较大的石碑，上刻“亡弟荫轩处士之墓”，下款是“兄樟寿立”。小说中记载的事件，情形大多为写实的。

小说中所写的第二件事，即给旧日东邻船户长富的女儿顺姑送剪绒花的事，却无事实根据，显然是鲁迅的虚构。但周作人说，“剪绒花的一节原是小说化的故事，但后半却是有事实的根据的。所谓偷鸡贼长庚即是做过阿Q的模型的阿桂，长富自然就是阿有了，但事实上阿有乃是阿桂的老兄，他的职业是给人家舂米的。他们父女(大概还有一个小儿子)住在周宅门内西边的大书房里，那里住着礼房的利宾以及中房月如、日如兄弟共三家，阿有大抵是占领着朝北房屋的东偏一角吧。顺姑的真名字已记不清楚，她是一个很能干的少女，替她父亲管理家务很有条理，有时阿桂来借钱，也就由她对付，阿桂耍无赖，说她的未婚夫比他不如，去挖苦她也是时有的事，但是那等于做偷鸡贼的叔父一向为她们所看不起，他的话当然是毫无信用的了。至于她的病并不是肺结核，实在乃由于伤寒初愈，不小心吃了凉粉石花，以致肠出血而死”（周遐寿:《鲁迅小说中的人物》）。

以往对小说主人公吕纬甫的解读，大多人认为，他是一个“五四”退潮后由一个理想主义者转化为实用主义者的“颓唐”的知识分子的形象。其实，这是一种大大的误读。他们只看到了吕纬甫“颓唐”消极的一面，但没有看到他身上那种尚未失去的往日的光辉和未眠的雄心。我们只要看一看小说中对于吕纬甫形象的描绘就可见出他虽然已显出“疲态”，但风采并未尽失；另一方面也可从他与“我”的对话中见出他虽然已有些颓唐和麻木，但内心并不甘心和宁静，而且还对这种马马虎虎、随随便便的生活态度有着特别的自觉和警惕。

更为重要的是，在酒的刺激下，吕纬甫只深情款款地谈起了这次回乡为小弟迁坟和给顺姑送剪绒花这两件事。应该说，分别十年的老友见面之后有很多东西需要诉说的，但鲁迅却让吕纬甫选择了这两件事来叙述，用意何在？吕纬甫在做这两件事时，是很虔诚、很认真的。这当中的缘由表面上看起来似乎是为了遵从母亲的意愿，但更多的却是吕纬甫本人从心底的意愿，因为这两件事里包含有他过去太多的美好东西：小弟是一个“很可爱的孩子，和我也很相投”，顺姑也是一个可爱、能干的姑娘，曾经好心做荞麦粉给他吃，她非常盼望有朵剪绒花……因此，吕纬甫做这两件事的深层动机是为了寻找“旧日的梦的痕迹”。（小说里的“我”又何尝不是呢？）但本是抱着美好的希望认真去做的两件事，却都以失望和模模糊糊收场。这恰恰折射出“五四”一代启蒙知识分子在“五四”落潮后的痛苦：“五四”高潮期他们曾经慷慨激昂、奋发有为，期待着对中国进行变革，但“五四”落潮后的黑暗现实却显示他们奋斗的失败、理想的破灭。他们在痛苦的心境中，想追寻一些奋进的激情和从前的美好，这表明他们的进取、奋斗之心并未完全泯灭，但现实又如此让人无奈！这才是“五四”启蒙者在“五四”落潮后的迷茫、彷徨、痛苦的根源。但作者却用小说里小弟骨骸的无处可寻和顺姑的病死告诉人们：昔日的美好是无法追寻的，他同情吕纬甫但同时又以这种方式宣告吕纬甫追寻旧梦的失败。小说的宗旨在于：不要彷徨犹疑，也不要去寻找昔日的安慰，而应该继续追寻理想，找到新的道路。小说结尾的一段诗意的描写就暗示了这一点。

总之，这篇小说的主旨——写“五四”落潮后启蒙知识分子的痛苦和彷徨，即现实使得一个战士“颓唐”以及不甘心“颓唐”的雄心。应该说，小说的“郁勃”之气还是充盈其间的。这其中蕴涵着的乃是鲁迅“反抗绝望”的人生哲学和对于生命的悲剧性体验。

《在酒楼上》在叙述方式上，是一篇典型的“复调”小说。小说设置了两个叙述人：一个是“我”，一个离乡多年又回乡的游子；一个是“我”以前的朋友和同事“吕纬甫”。在小说中，叙事者在讲述自己的故事的同时，也在讲述他人的故事，两者相互渗透、影响，构成了“复调”的小说结构。两个叙述人，通过在“酒楼上”对话的方式被统一起来，他们既是小说作者描写的客体，又是作者自我表现的主体。作者主体的精神世界由此被凸显出来，形成了一种抒情诗般的小说结构——即“抒情小说”。

《在酒楼上》中，最突出的特点是人物及景物的叙述和描写都与人物的精神风貌和整个小说的抒情的氛围相结合。且看《在酒楼上》关于窗外雪的描写，就很有意味：

> 几株老梅竟斗雪开着满树的繁花，仿佛毫不以深冬为意；倒塌的亭子边还有一株山茶树，从晴绿的密叶里显出十几朵红花来，赫赫的在雪中明得如火，愤怒而且傲慢，如蔑视游人的甘心于远行。我这时又忽地想到这里积雪的滋润，著物不去，晶莹有光，不比朔雪的粉一般干，大风一吹，便飞得满空如烟雾。……

而正在这时，两人的对话页逐渐到了高潮——“堂倌搬上新添的酒菜来，排满了一桌，楼上又添了烟气和油豆腐的热气，仿佛热闹起来了；楼外的雪也越加纷纷的下”。而到了酒宴已散，故人分别的情形更是融化在一片纷纷的雪花之中：

> 我们一同走出店门，他所住的旅馆和我的方向正相反，就在门口分别了。我独自向着自己的旅馆走，寒风和雪片扑在脸上，倒觉得很爽快。见天色已是黄昏，和屋宇和街道都织在密雪的纯白而不定的罗网里。

融情入境，情景交融，构成了一个特有的象征性的氛围和意境。

孔乙己

[赏析]

鲁迅对于自己的小说，大概最喜欢的就是《孔乙己》了。这篇小说最初发表于1919年4月《新青年》第6卷第4号，完成于1919年3月26日。但据该小说发表时作者的篇末所写的《附记》，这篇小说实际创作于1918年冬天。作者在篇末所记的完成时间“1919年3月”，很可能是小说最后的修订时间。《孔乙己》最后被收录到小说集《呐喊》之中。

《孔乙己》为什么是鲁迅最喜欢的小说呢？对此，鲁迅的学生孙伏园曾这样记载道：“我曾问过鲁迅先生，其中（暗指《呐喊》——引者）哪一篇最好，他说他最喜欢《孔乙己》，所以已经译了外国文。我问他的好处，他说你能于寥寥数页之中，将社会对于苦人的冷淡，不慌不忙地描写出来，讽刺又不很显露，有大家的作风。”（曾秋士：《关于鲁迅先生》，《晨报副刊》1924年1月12日）这实际上是鲁迅对《孔乙己》的自评，对我们准确地理解这篇小说，有着重要的参考价值。

《孔乙己》到底写的是什么？这也就是说这篇小说的“主题”是什么？这向来是读者们最为关心的问题。以前关于《孔乙己》的创作主旨，有下列几种说法：一，批判罪恶的封建教育制度和科举制度；二，控诉封建制度吃人的罪恶；三，展现人民群众身上昏迷、麻木的精神痼疾。……上述对于《孔乙己》创作主旨的发掘，对于理解这篇小说未必是错误的指向，但都显得大而无当，不能深中肯綮。因为《呐喊》中的《白光》甚至《社戏》等，也都是“批判封建教育制度和科举制度的罪恶”的；而“控诉封建制度吃人的罪恶”的，可以视为是鲁迅整个小说乃至文学创作的主旨，岂止是一篇小小的《孔乙己》？如果说是“展现人民群众身上昏迷、麻木的精神痼疾”的主题，还有能比鲁迅的其他小说《阿Q正传》《祝福》等更淋漓尽致的吗？显然，以上述这种宏大的思想主题来概括《孔乙己》这篇小说的主旨，是很难深入其腠理的。

古人云：“诗无达诂。”《孔乙己》这篇小说的“主旨”，就像鲁迅其他作品一样，不是一两句话就可以概括出来的。如果它有“主题”的话，应该是多声部的或多重意义的。而这其中，最核心的“主旨”应该是作者鲁迅自己所概括的“社会对于苦人的冷淡”。导致孔乙己悲剧的缘由，固然有旧制度的罪恶，有其个人“好吃懒做”、性格懦弱等个性的因素，但小说所展示的主要还是鲁镇社会各阶层对他所进行的精神性的施虐。在这些人中，既有“丁举人”所代表的“穿长衫”的上等人物，也有像“掌柜”这样的中产阶级，但更主要的还是那些“站着喝酒”的“短衣帮”，这其中也包括像叙述人“我”这样的旁观者。他们对于孔乙己这样的处于弱势的落魄文人，不是理解、同情、帮助，而是加以冷淡、嘲弄和虐待，甚至围观“欣赏”他的痛苦。尽管他们自己也都是这个食物链中的一环，也将有和孔乙己一样的命运。但他们无暇自省，以苟活为唯一要务。他们共同构成一种巨大的世俗性的物质和精神力量，最终把孔乙己这样的弱势人物扼进了万劫不复的死亡的深渊之中。

《孔乙己》在艺术上的成功之处，在于作者鲁迅在描写“鲁镇”这样一个“吃人”的世界时，竟然形诸于不动声色的“冷酷”的笔墨。小说是以“我”——咸亨酒店的小伙计的口吻来叙述故事的。第一人称“我”所看到的酒店风貌，自然是带有比较明显的“真实”感受——这是现代小说中“人学”渗入的显著特点，也是现代小说迥异于传统第三人称的古典小说最重要的标志。但相对于全能全知的第三人称小说，以第一人称“我”为叙述视角的小说却要受到小说中的诸多时空的局限。因此，《孔乙己》中的小伙计“我”，只有站在柜台里来看咸亨酒店这个“鲁镇”世界了：

> 我从此便整天站在柜台里，专管我的职务。虽然没有什么失职，但总觉得有些单调，有些无聊。掌柜是一副凶脸孔，主顾也没有好声气，教人活泼不得；只有孔乙己到店，才可以笑几声，所以至今还记得。

接下来，小说以白描的简洁细致的刻画，四次叙写了孔乙己的“出场”：

第一次：“孔乙己是站着喝酒而穿长衫的唯一的人”——既点明了孔乙己的身份，又暗示了他落魄的处境。

第二次：“用指甲蘸了酒，想在柜上写字，见我毫不热心，便又叹一口气，显出极惋惜的样子”——见出孔乙己的善良和迂腐，也暗示了他个性的悲剧的根源。

第三次：“他便给他们茴香豆吃，一人一颗。孩子吃完豆，仍然不散，眼睛都望着碟子。孔乙己着了慌，伸开五指将碟子罩住，弯腰下去说道，‘不多了，我已经不多了。’直起身又看一看豆，自己摇头说，‘不多不多！多乎哉？不多也’”——文言与白话羼杂，读书人“斯文扫地”的处境可见一斑。

第四次：“忽然间听得一个声音，‘温一碗酒’。这声音虽然极低，却很耳熟。看时又全没有人。站起来向外一望，那孔乙己便在柜台下对了门槛坐着。他脸上黑而且瘦，已经不成样子；穿一件破夹袄，盘着两腿，下面垫一个蒲包，用草绳在肩上挂住；……满手是泥，原来他便用这手走来的”——孔乙己的悲惨结局，读来令人“无语”！

孔乙己上述4幅形象，已不是用图画就能够涂抹出来的了。而这一切，都被鲁迅不慌不忙地叙写了出来。读完小说，读者的心灵被彻底撞击。这其中，是愤怒？是悲哀？是讽刺？是同情？……《孔乙己》这篇小说，可谓是“不着一字，尽得风流”！

社　戏

[赏析]

《社戏》这篇小说，出自鲁迅的小说集《呐喊》。它创作于1922年10月，最初发表于1922年12月上海《小说月报》第13卷第12号。《社戏》一直是我国中小学语文（新中国成立前称“国语”或“国文”）教材的传统保留篇目，也是世界儿童文学的经典作品之一。

首先应当说明的是，如今中学语文教材中的《社戏》一文并不是鲁迅小说集《呐喊》中《社戏》的全部，而只是一个节选。《社戏》原文分为两个部分：第一部分写的是“我”在北京戏院看“京戏”的情景及由此引起的不快心绪；第二部分写的是“我”小时候在江南农村看“社戏”的情景及快乐的童年记忆。现在我们看到的被选入中学语文课本中的《社戏》，却被删掉了第一部分，保留了第二部分。

关于《社戏》的第一部分是否应该删除，历来都有针锋相对的争论。赞成应该删除的一方认为，删除第一部分后的《社戏》既紧扣题意，又意境完整，同时能使教学内容更集中、精练；反对删除《社戏》第一部分的一方认为，《社戏》被删减后损害了鲁迅原作在艺术构思上的完整性，削弱了主题思想的感人力量，不利于讲授小说的艺术方法。这里笔者不想就这个问题展开讨论，只想提出这个问题，希望同学们和老师们不妨先去看看原作的第一部分，然后就《社戏》这篇小说是否该被删减提出自己的看法。

《社戏》是根据鲁迅少年的记忆叙写的。鲁迅在幼年时代，常随母亲鲁瑞到外婆家去。小说中所谓的“平桥村”，实际上就是鲁迅外婆家所在的安桥头村，而他们看“社戏”的地点“赵庄”，就是安桥头的邻村皇甫庄的“包殿”。所谓的“包殿”就是“包公殿”，本是纪念包公的神殿，平时也用于搭台演戏。《社戏》所叙写的，就是少年鲁迅随亲友观赏社戏的情景。

如果要更深入地理解《社戏》的内在意蕴，必须要看没有删节的《社戏》全文才可以。《社戏》前半部分，写作者在北京戏院看戏所感受到的庸俗、窒息、乖巧和虚假，而这一切，恰恰与《社戏》的后半部分所表现出的自然、清新、自由、快活的人生体验构成了鲜明的对照。前者代表的是庸俗、虚弱、没落而了无生气的城市的士大夫文明，后者隐含的是“气禀未失”而“灵觉犹在”的乡野文化。这种“乡野文化”，首先没有严格的阶级划分。如果按照我们以往的阶级观念，小说中的“我”应该属于城市来的“少爷”，与劳动人民的子弟一定有天然的“隔阂”。但小说中没有这些“隔阂”，“我”与这些劳动人民的孩子们亲密无间。而作为贫下中农的“六一公公”也与作为乡村绅士家庭的外祖母家非常亲和。其次，“乡野文化”有着普崇万物、天人合一的“自然”的生存状态。“我”与乡下的孩子们在一起嬉戏，感受到了大自然的自由自在。而这种自由自在的生存状态，是与在城里诵读“秩秩斯干，幽幽南山”的枯燥乏味的学堂生活迥然不同的。再次，这种“乡野文化”有着天性淳厚的道德观念。城里的市民生活，唯利是图、为富不仁，“沉于物，溺于德”；而《社戏》中的乡民，气禀未失，天性淳厚，生性善良，从不设防。阿发摘了自家的罗汉豆与大家分摊着吃，孩子们偷吃了“六一公公”家的罗汉豆，他非但不生气，还把这些豆送到外祖母家让“我”来吃。这是多么醇厚的乡民情感和道德！

《社戏》中所着力表现的，倒不在“社戏”演得是否精彩，而在于由“社戏”所唤起或激活的“我”的自由、神秘、冒险而浪漫的艺术体验。实际上，小说中的“我”并没有看懂“社戏”本身的情节，而“我”主要体验的却是“看社戏”的过程。那大自然的乡野气息，那点点滴滴的渔火，那黑魆魆的松柏林，那戏台上的歌吹和打斗，还有归途中偷吃罗汉豆的冒险体验，更是小说所着力表现的。这种崇尚自然，顾念旧乡，以及其中所表现出的浪漫神秘的审美体验，使得《社戏》这篇小说比之于鲁迅其他“直面惨淡人生，正视淋漓鲜血”的现实主义作品，更显示出了浪漫主义的创作特色和气息。

《社戏》是一篇抒情色彩极为浓厚的小说，但其抒情却是与小说中的叙事、写景融合在一起的。如小说写到看“社戏”的船，“飞一般径向赵庄前进了”之后：

> 两岸的豆麦和河底的水草所发散出来的清香，夹杂在水气中扑面的吹来；月色便朦胧在这水气里。淡黑的起伏的连山，仿佛是踊跃的铁的兽脊似的，都远远地向船尾跑去了。但我却还以为船慢。他们换了四回手，渐望见依稀的赵庄，而且似乎听到歌吹了，还有几点火，料想便是戏台，但或者也许是渔火。

环境的描写，烘托出的是“我”急迫的心情。写景、抒情、叙事，三位一体，已经融成一个用图画都难以描绘出的和谐的意境。

故　乡

［赏析］

鲁迅的《故乡》这篇小说，作于1921年1月，最初发表于1921年5月《新青年》第9卷第1号，收入小说集《呐喊》。

《故乡》被日本名作家龟井胜一郎称誉为“东方产生的最美的抒情诗”。从20世纪20年代初起，它就被各书局，各省教育厅以及一些著名学校编印的《国文》、《国语》课本选用，历久不断，直到现在也仍然是我国最优秀的传统语文教材篇目之一。在日本，《故乡》也是中学国语课本的精读篇目。日本教育界曾拟出题目“在国语教科书里经常出现的作品”进行调查。据《旺文社文库解说目录》1965年夏季本的统计，鲁迅《故乡》荣居第二位。

《故乡》中最令人难忘的一段描写，就是主人公“我”与少年玩伴闰土20年后再次相见的场面。20年前的闰土，是一个从田野里走来的活泼自然、自信而精神的乡下少年。作者是用这样的画面来勾勒他的形象的：

深蓝的天空中挂着一轮金黄的圆月，下面是海边的沙地，都种着一望无际的碧绿的西瓜，期间有一个十一二岁的少年，项带银圈，手捏一柄钢叉，向一匹猹尽力的刺去，那猹却将身一扭，反从他的胯下逃走了。

但20年后，岁月的风霜已经彻底改变了那个活泼可爱的少年闰土！请看，作者是这样描写中年闰土的形象的：

他身材增加了一倍；先前的紫色的圆脸，已经变作灰黄，而且加上了很深的皱纹；眼睛也像他父亲一样，周围都肿得通红，这我知道，在海边种地的人，终日吹着海风，大抵是这样的。他头上是一项破毡帽，身上只一件极薄的棉衣，浑身瑟索着；手里提着一个纸包和一支长烟管，那手也不是我所记得的红活圆实的手，却又粗又笨而且开裂，像是松树皮了。

这两幅形象的细节性的描写，通过对照似乎已经告诉了我们一切。但更触目惊心的还在后面。两个少年玩伴20年后喜相逢之时，那个已是乡下贫苦农民的闰土却喊出了令“我”似乎打了一个寒噤的声音——“老爷！……”到了这时，作者“我”才被闰土的“一声断喝”唤回到了严酷的现实之中：“我就知道，我们之间已经隔了一层可悲的厚障壁了。”

那么，是什么把闰土这样一个活泼可爱的乡下少年折磨成这个样子？又是什么让两个少年的亲密伙伴隔膜成两个世界，似乎成了陌路人？关于前者，小说通过母亲的口已经透露了出来：“多子，饥荒，苛税，兵，匪，官，绅，都苦得他像一个木偶人了。”社会的动荡，现实的压迫，致使闰土到了“连奴隶都做不得”的程度，这无疑是造成闰土个人生活悲剧的重要原因。但让闰土与“我”隔成两个不同的世界的缘由，除了上述所谓的外在的现实因素之外，更主要的还有闰土心理深处的那种“精神奴役的创伤”。这种“精神奴役”就是建立在传统的宗法社会基础之上的封建等级观念。这种观念往往以“天”或“命”的名义出现，主张“天有十日，人有十等”，从而形成了鲁迅在《灯下漫笔》中所谓的“人吃人”奴隶秩序：“有贵贱，有大小，有上下。自己被人凌虐，但也可以凌虐别人；自己被人吃，但也可以吃别人。一级一级的治驭着，不能动弹，也不想动弹了。因为倘一动弹，虽或有利，然而也有弊。”而闰土，就是这个“天”或“命”的认同者，处于这个奴隶制秩序的最下端。也许正因为如此，他在见到了自己少年的玩伴后，已经天然地意识到他们已经不是昔日的亲密朋友，而是主子和奴才或老爷和下人的关系了。小说在抒情诗一般优美的文字叙述中，表现的是一出惊心动魄的精神虐杀的现实场景。

如果说，上述闰土喊出的那一声“老爷”是《故乡》最重要的一个关键词的话，那么，这篇小说另一个关键词就是关于“路”的思考了。小说的最后写到“我”在归途中，躺着船上陷入了沉思：

> 我想：我竟与闰土隔绝到这地步了，但我们的后辈还是一气，宏儿不是正在想念水生么。我希望他们不再像我，又大家隔膜起来……然而我又不愿意他们因为要一气，都如我的辛苦展转而生活，也不愿意他们都如闰土的辛苦麻木而生活，也不愿意都如别人的辛苦恣睢而生活。他们应该有新的生活，为我们所未经生活过的。

这里作者思考的，显然是今后如何避免下一代走上像“我”和闰土这样的“隔绝”的老路的问题。这样，“路”这一意象就自然而然地突显了出来。小说中，作者把过去的“老路”概括为三种人生的模式：第一、像我这样的“辛苦展转而生活”；第二、如闰土般的“辛苦麻木而生活”；第三，如杨二嫂之流那样的“辛苦恣睢而生活”。作者对于这样的人生道路，给予了断然的否定。他主张像宏儿和水生这样的新一代，“他们应该有新的生活，为我们所未经生活过的”。显然，这是一条新的人生之路。

那么，如何走上这新的人生之路呢？或者说，如何创造这样一种“新生活”呢？作者最后并没有给我们指明这条道路。他认为，创造新生活只是一种“希望”或“向往”。尽管“希望”只是一种“自己手制的偶像”或“心造的幻影”，但有了“希望”，总比没有希望好。因为说到底，“希望是本无所谓有，无所谓无的”，与其无希望，还不如有希望。只要“希望”尚存，“路”就在脚下：“其实地上本没有路，走的人多了，也便成了路。”鲁迅在小说中的这一段沉思，是其“反抗绝望”人生哲学的最为形象的阐释。

风　筝

[赏析]

《风筝》写于1925年1月24日，这一天恰逢旧历年的正月初一，刊于同年2月2日出版的《语丝》周刊第12期，后来由作者编入散文诗集《野草》。

在深入理解《风筝》文本之前，有两个史实是我们必须弄清楚的：一是《风筝》之前，鲁迅还有一篇可以说是《风筝》"雏形"的散文诗《我的兄弟》。《我的兄弟》一文，是鲁迅以"神飞"为笔名创作的一组散文诗"自言自语"中的一篇。这一组散文诗包括：《序》《火的冰》《古城》《螃蟹》《波儿》《我的父亲》《我的兄弟》等7篇，发表于1919年8月20日至9月9日的北京《国民公报》副刊"新文艺"一栏。其中《我的兄弟》一文与《风筝》在情节、人物上基本相同。二是《风筝》最初在《语丝》周刊上发表后，最后在收入到《野草》文集后有12处文字上的润色加工。也就是说，《风筝》最初发表时的文本与最后定本在文字上稍有不同。我们要更深入地理解《风筝》，最好能参照这前后两个文本。

分析《风筝》，我们面临的一个最直接的问题就是：如何理解文中的“我”与“小兄弟”之间的关系？也就是说，文中的“我”是否就是鲁迅本人？而“小兄弟”是否就是鲁迅的弟弟周作人或周建人呢？首先，鲁迅的弟弟周建人曾明确否定过有过此类事件的发生。在各种关于鲁迅的回忆录中，周建人从没有提到、甚至明确地承认过鲁迅对他有过《风筝》中所描写的“精神虐杀”的事件发生（可以参照周建人《鲁迅故家的败落》《略见关于鲁迅的事情》及顾明远等著《鲁迅的教育思想和实践》中的《周建人同志回忆鲁迅的学习和教育活动》）。另外，有论者认为《风筝》的“小弟弟”可能是鲁迅的二弟周作人，这也是缺乏根据的猜测。有人看见周建人否认此事，遂另辟蹊径，试图从鲁迅与周作人“兄弟失和”事件入手来分析《风筝》。因为鲁迅周作人兄弟闹翻是在1923年，而此时正是1925年的农历初一。春节过年正是一家团聚的日子，但鲁迅兄弟却在此时天隔一方，“每逢佳节倍思亲”，此景此情，鲁迅遂写下了《风筝》，以表对于兄弟的“忏悔之情”。问题在于，鲁迅周作人“兄弟失和”起因于家庭琐事，在现在是非基本上已经清楚，其过错方主要在周作人一方。对此，鲁迅岂有“悔恨之情”？而且在鲁迅隐晦地表达他们“兄弟失和”的其他作品如《铸剑》《奔月》《颓败线的颤抖》中，基本上表达的乃是一种“眷念与决绝，爱抚与复仇，养育与歼除，祝福与咒诅”的被抛弃之感，类似《风筝》中的那种“悔恨之情”在哪里呢？总之可以说，在对《风筝》的分析中牵扯出鲁迅周作人“兄弟失和”事件，是和鲁迅原作不相符合的“过度阐释”行为，这种解读方式不可助长。

实际上，我们在阐释《风筝》时，大可不必太拘泥于具体的史实本身，把类似《风筝》这样的艺术作品看成是一种历史的“实录”。因为《风筝》毕竟不是一篇“回忆录”。我们知道，“回忆录”是历史，以追求史实的真实为目的。但如果我们把《风筝》这样的文学作品当成了“回忆录”，而且还试图在其中求得某种史料的发掘，这种阐释的方法显然是有悖于文学作品本身的艺术特质的。《风筝》中，“我”对于小兄弟的“精神虐杀”事件，也可能是历史真实，但文中不是说“小兄弟早已不记得”了吗？也可能不是史实，是出于鲁迅在创作中的“改编”。但这一事件是否是事实本身似乎并不重要，重要的在于这件事实本身是否符合“艺术的真实”。这种“艺术的真实”应该是恩格斯所谓的“美学的标准与历史的标准统一”才是。问题在于，“我”为什么要捣毁小兄弟糊好的风筝？课文上说了，

“因为我认为这是没出息的孩子所做的玩艺”。可见，“我”遵循的还是中国古典的人文主义教育原则，强调秩序、规则、纪律和训诫，认为强迫性的训练和学习乃是人脱离自然状态的不二法门。只有此，人才能脱离动物状态，体现出“人之为人”的人文本性。传统的中国士大夫关注的从来是“道”而不是“技”，因为后者从来都是“雕虫小技”，不值得提倡。中国古代科技非常发达，但没有产生现代的科学技术，其深因之一即在乎此。基于此，古人云：“玩物丧志。”在“我”的心目中小兄弟玩风筝的行为也属于此类，所以“该砸”！“我”捣毁弟弟风筝的“壮举”就成了某种“历史的必然性”。试想想现在，我们的父母不是也经常以“玩物丧志”为名去制止孩子们的许多正当游戏或行为吗？就此而言，《风筝》中所叙的史实的典型性和普遍性，是不言自明的。

但《风筝》的深刻性还不止于此。课文中写道，中年以后，“我不幸偶而看了一本外国的讲论儿童的书，才知道游戏是儿童最正当的行为，玩具是儿童的天使”，才觉悟到 20 年前的这一“精神虐杀”事件的可怕。可是当“我”找了一个机会向小兄弟表示忏悔，“去讨他的宽恕”时，可是他却“全然忘却”，对我已“毫无怨恨可言”！这才是“我的无可把握的悲哀”：一切痛苦、眼泪和悲剧都流失在历史的黑洞中了，毫无记忆可言！这种“几乎无事的悲剧”，就这样一代一代地延续着，循环着，毫无进步可言！一个没有记忆的人与动物无异，一个没有记忆的民族或者说一个有着虚假的记忆的民族将是一个万劫不复的悲哀的族群。正是如此，鲁迅才说：“我还能希求什么呢？我的心只得沉重着。”鲁迅的“大悲哀”，就在于此。

藤野先生

［赏析］

《藤野先生》写于1926年10月12日，发表于同年12月10日《莽原》半月刊第23期，最后收入鲁迅的散文集《朝花夕拾》。

《藤野先生》一文在鲁迅心目中有着重要的位置。1934年，日本《岩波文库》准备出版增田涉、佐藤春夫合译的《鲁迅选集》，译者请原作者提出意见。鲁迅回信说，“《某氏集》(按：指《鲁迅选集》)请全权处理。我看要放进去的，一篇也没有了。只有《藤野先生》一文，请译出补进去”(《鲁迅致增田涉书信选》)。1935年《岩波文库》又特地派人专程来上海听取鲁迅的意见，他再一次强调说：“一切随意，但希望能把《藤野先生》选录进去。”——鲁迅作品数百万字都听任译者定夺，独有《藤野先生》一篇执意坚持译出。当时中日关系已经急剧恶化，鲁迅坚持《藤野先生》必须收入《鲁迅选集》，表现出了鲁迅先生的博大胸怀。

鲁迅为什么如此重视《藤野先生》？乃是因为他从“吾师”藤野先生身上见出了超越狭隘民族主义感情的平凡的但又博大的胸襟——用鲁迅文中的话就是：“他的对于我的热心的希望，不倦的教诲，小而言之，是为中国，就是希望中国有新的医学；大而言之，是为学术，就是希望新的医学传到中国去。他的性格，在我的眼里和心里是伟大的，虽然他的姓名并不为许多人所知道。”而鲁迅在表现藤野先生这一伟大精神之时，重点不在于正面的直接的表现，如他对我的解剖学笔记的修改（其实这只是老师对学生的很正常的指导），而重点乃在于以“反衬”的方式——即在“漏题事件”和“幻灯事件”中一般日本人身上表现出来的那种鲁迅所谓的“合群的爱国的自大”表现出来的。在鲁迅看来，这些日本人身上所表现的那种爱国情绪，是一种病态的“恃强凌弱”，或者是一种“兽性的爱国”精神。这种所谓的“爱国情绪”一旦被别有用心的政治领袖利用，就会变成一种“洪水猛兽”般的可怕的力量，给一个民族带来灾难性的后果。而日本从近代以来到第二次世界大战的历史，就是这样一种洪水猛兽般的“爱国”情绪直接泛滥的结果。其实，藤野先生对鲁迅的指导和关怀，并没有超出一般老师对学生的基本职责，他只是尽了自己的本分而已。但也许正是这种平常但又是非常理性的心态，却在当时日本民族主义异常高涨的语境下，显得异常重要乃至伟大。

理解《藤野先生》的另一个重大问题，就是其中的史实的“真实性”问题。据日本仙台“鲁迅记录调查会”于20世纪70年代所发布的调查结果，鲁迅在《藤野先生》中所描述“漏题事件”和“幻灯事件”与实际的史实并不一致：第一，关于“漏题事件”，据东北大学史料馆保存的成绩表上的记载，藤野先生担任的解剖学课，鲁迅的分数是59.3，不及格。学年评分表上登记的是分数，以甲乙丙丁戊评定是为与学年成绩表加以区分。根据规则，成绩为丁的不超过两门课、且没有戊者为合格。但因为鲁迅其他的考试成绩较好，所以最后的平均分为65.8，及格了。成绩公布后，有谣传说藤野先生事先向鲁迅泄露了试题。但实际情形并非如文中所写的那样，制造谣言的实际上并不是班级干事（班长），而是留级生；谴责鲁迅也不是以信的方式。第二，关于“幻灯事件”，据东北大学史料馆收藏的从原医学部细菌学教室找到的15张日俄战争时局幻灯底片，其内容都是以实际战斗的场面为题材，那些底片中没有当做俄国间谍的中国人被处死的场面。但是那时当地报纸《河北新报》和战记杂志《日俄战争实记》等报刊杂志上，刊登有报道、图片或照片，鲁迅会看到的。在写作《藤野先生》时，鲁迅可能把报纸上的报道与幻灯片混淆了。基于以上史实，再加之《藤野先生》一文中描述的其他与实际不一致的情形，如文中开首所写的“日暮里”车站，是1905年4月1日开通的，当时还没有这一站；还有与鲁迅同期到达的中国留学生，还有一个叫“施霖”的工科学生，等等。由此一部分日本学者开始怀疑其作为一篇“回忆性的散文”的既定结论，认为“与其把鲁迅的《藤野先生》一文看做是一部‘回忆性散文’（基于史实的自传），不如把它看做是一部以自传的风格所写的小说更为妥当”（大村泉：《鲁迅的〈藤野先生〉一文是“回忆性散文”还是小说?》，见《鲁迅：跨文化对话——纪念鲁迅逝世七十周年国际学术讨论会论文集》第286页，大象出版社2006年版）。

但日本学者的结论遭到了中国学者的激烈反对。在中国学者看来，对于《藤野先生》所描写的事件的历史性“解构”，拆解或颠覆的不仅仅是一个作品文体的问题，而是鲁迅这样一个“我以我血荐轩辕”的民族英雄的形象。他们坚决维护的还是《藤野先生》作为一篇“回忆性散文”的结论，认为既然是“回忆”，这就难免有“遗漏”或“误记”的现象存在，这正如鲁迅自己在《朝花夕拾·小引》中所说的:“这十篇就是从记忆中抄出来的,与实际容或有些不同,然而现在我只记得是这样。”而且即使是“纪实性的散文”,作者为了表达作者的思想和感情,在写作时也当然可以使用、而且甚至必须使用剪裁、凸显、隐藏、组合甚至夸张等等文学笔法。更为重要的是其中所表现的“历史的真实”,即《藤野先生》所写的藤野先生对青年鲁迅的温暖和关爱,以及鲁迅对这种温暖和关爱的感激和感恩之情是真的;鲁迅作为弱国的留学生,在日本所受到的伤害和歧视以及这种歧视和伤害给他带来的敏感和过敏是真的;青年鲁迅就是从温暖关爱和歧视伤害这两个对立的方面的感受中崛起,弃医从文,为中华民族复兴而立志做一个“精神界之战士”也是真的,不是虚构的。

中日学者在阐释《藤野先生》时,看似有分歧和对立,其实都是基于同一个原则,即都把《藤野先生》看做是一篇“纪实性的散文”,即以史实为基础的自传。既然是“纪实”,当然就要以历史的“真实性”为最高原则。但问题在于,《藤野先生》是“回忆性的散文”而不是“回忆录”。前者是“文学”,后者属于“历史”。文学的生命在于“虚构”,历史的生命在于“真实”。虚构的“文学”可以想象和夸张,但真实的“历史”却不能。文学是一种“创作”,历史的“回忆录”其实是一种写作,属于应用文的范畴。历史和文学可以达到一种完美的统一，但必须建立在“历史真实”的基础上。司马迁的“史家之绝唱，无韵之离骚”即是。“三国演义”毕竟不是“三国志”。日本学者以为“纪实性的散文”就应该像“回忆录”一样，是绝对真实的记录。但他们没有看到，即使是记录历史真实的所谓的“回忆录”也很难像“照相”一样就是历史真实的“实录”(其中也可能有“遗漏”、“误记”，或者为记录的方便而进行的必要的“剪辑”)，所以他们一旦发现《藤野先生》中与真实的史实有出入之处，就大惊失色地认为这不是一篇“纪实性的散文”而是一篇“虚构”的小说。而中国学者也没有看到，《藤野先生》是一篇以史实为基础的“艺术性”的散文，而不是一篇“回忆录”，是不能当做“史料”使用的。两国的学者一方过分强调了《藤野先生》的“历史性”，而另一方则过分强调了其中的“艺术性”。双方各执一端，才有了分歧和对立。其实，《藤野先生》既不是历史的“实录”，也不是艺术的“虚构”，而是在历史史实的基础上加以必要想象和虚构的“纪实性的散文”。

从百草园到三味书屋

［赏析］

《从百草园到三味书屋》于1926年9月18日写于厦门。最初发表于1926年10月10日《莽原》半月刊第1卷第19期，最后收入1928年9月出版的回忆散文集《朝花夕拾》之中。长期以来，该文一直是中小学“国文”、“语文”的必选篇目。

正如文题所示，本文写了作者所曾经历的两个场景——“百草园”和“三味书屋”。这两个场景还不仅仅是“实景”，同时还是两个富有象征意味的“虚拟世界”：前者是一个自然世界，后者乃是一个人文的空间；前者是自由自在、神秘灵动、趣味无穷的；后者却是呆板、缺乏生趣的；前者是一种表达自由的自然教育，后者是一种诉诸秩序的人文约束。通过作者妙趣横生的叙述和描写，其倾向性乃是不言而喻的。

长妈妈所讲的“美女蛇”的故事，展现的是“百草园”

中的神秘和趣味。但这故事自身却隐含着德国社会学家马克斯·韦伯所谓的现代性的叙事困境:"祛魅"和"返魅"的冲突。如果从现代理性的视角来看这个"美女蛇"的故事,其与《白蛇传》中和尚法海用雷峰塔镇住"青蛇"和"白蛇"是一个理路:这是一个传统的扼杀人间美好感情神话故事,其中透露出是一种"存天理灭人欲""吃人"故事。但这一可怕的故事,却被人们讲得如此神秘灵动、令人遐想。可以设想,如果以现代理性的启蒙思想来"祛魅"这一故事,这一叙事该是多么乏味啊!但鲁迅却在文章中摒弃了他所信奉的启蒙的"祛魅"叙事,复原的乃是长妈妈的故事的"原汁原味","百草园"的神秘灵动由此而被呈现了出来。

《从百草园到三味书屋》的另一个叙事特点就是对自己的"业师"寿镜吾先生的艺术处理。寿镜吾先生是"三味书屋"的主人,鲁迅的私塾老师。以往的理解,常常过于强化他形象的负面性,把他视为封建科举的维护者或者是一个封建腐儒,这是一种偏执的理解。如果这样理解的话,那么只要在那个时代参与科举活动的人都该否定了。这其中,也包括鲁迅自己,因为鲁迅到三味书屋读书也是为以后参加科举考试的!由此可见,这种彻底否定传统文化的态度,显然不是一种历史的态度。实际上,鲁迅是抱着一种善意与温情的态度来描述自己的业师寿镜吾先生的。文中写道:“他是一个高而瘦的老人,须发都花白了,还戴着大眼镜。我对他很恭敬,因为我早听到,他是本城中极方正,质朴,博学的人”;“他有一条戒尺,但是不常用,也有罚跪的规则,但也不常用,普通总不过瞪几眼,大声道:‘读书!’”当我问到“怪哉”这样刁钻的问题来难为先生时,他当然是不高兴的,这恰好说明他的“方正和质朴”;当他以严厉的态度催促学童们读书时,恰恰表现了他的认真和负责;而他读书入神时,“将头仰起,摇着,向后面拗过去,拗过去”,正是他迂执天真的秉性……在鲁迅的笔下,寿先生的博学、方正、严厉、负责而略显迂执,就这样栩栩如生地被表现了出来。但也必须看到,虽然鲁迅是以善意和温情的笔触来描写寿镜吾先生的,但他对科举制度下的“学堂生活”从整体上是不赞赏的,甚至是否定的。他所向往的,还是适宜儿童天性成长的“百草园”世界。而这个世界,正是与呆板乏味的“三味书屋”迥异的精神存在。

纪念刘和珍君

［赏析］

1926 年 3 月 18 日，北京各界群众为抗议日本在直奉战争中侵犯中国主权，在天安门集会并赴执政府请愿。当人们行至北洋政府国务院门前时，国务总理段祺瑞竟命令卫队开枪射击并用大刀铁棍追打砍杀，当场死亡和事后因重伤而死者 47 人，伤者 150 余人，史称“三·一八惨案”。惨案中，鲁迅的学生，北京女子师范大学的刘和珍、杨德群两位女学生死亡。鲁迅闻讯后悲愤不已，在《无花的蔷薇之二》的末尾，特意加上：“3 月 18 日，民国以来最黑暗的一天。”13 天之后的 4 月 1 日，他又写下《纪念刘和珍君》以示追怀。

《纪念刘和珍君》被视为鲁迅千古不朽的一篇奇文。该文最初发表于 1926 年 4 月 12 日《语丝》周刊第 74 期，最后被收入鲁迅的杂文集《华盖集续编》。

关于本文主题的阐发，过去的“教学参考”是这样的概括的：

“本文通过对刘和珍的纪念和哀悼，表现了作者无限悲愤、沉痛的心情；热烈赞扬了死难烈士的勇敢、刚毅和忘我牺牲的精神；愤怒揭露了封建军阀的凶狠残暴；严厉斥责了反动文人的无耻下劣；沉痛批判了‘庸人’、‘苟活者’的麻木怯弱；号召人们奋起斗争。”

上面所概括的6个方面，应该是大致不错的：《纪念刘和珍君》的思想感情趋向基本如此。但问题在于，了解了上述所总结的几条干巴巴的所谓的“主题思想”又能如何呢？这几乎对深入理解本文没有太多的帮助！因为稍有正常理解力的人们都能看出作者的这几项感情和态度。更为重要的是，《纪念刘和珍君》一文根本就不是一篇思想严谨、逻辑清晰的议论文或记叙文，而是一篇被悲愤伤痛之情裹挟着而不能自抑的悼文。读着这么一篇长歌当哭的悲愤诉说，只能随着作者而感愤不已。如果这时还想着以ABCD、甲乙丙丁的方式对课文进行毫无感情的分析和总结，那简直就是麻木不仁！

本文名为《纪念刘和珍君》，行文当然是围绕着刘和珍而写的。但作者在叙述刘和珍的事迹时，是在类似于“哭诉”的状态下进行的。刘和珍的事迹或行状是文章的主线，但在“诉说”中又间以抒情和议论，叙事、抒情和议论融为一体，这就构成了本文在写作上的最大特点。

“呼告”式的文字表述方式是《纪念刘和珍君》在写作上的另一个特点。所谓的“呼告”，其实就是作者内心的独白，是作者抚慰死者灵魂的诉说。悲愤、激越的感情，被诉诸抒情诗般的奇崛的句式之中，如：“我只觉得所住的并非人间”；“我已经出离愤怒了”；“我将深味这非人间的浓黑的悲凉；以我的最大哀痛显示于非人间，使它们快意于我的苦痛，就将这作为后死者的菲薄的祭品，奉献于逝者的灵前”；“真的猛士，敢于直面惨淡的人生，敢于正视淋漓的鲜血。这是怎样的哀痛者和幸福者？然而造化又常常为庸人设计，以时间的流驰，来洗涤旧迹，仅使留下淡红的血色和微漠的悲哀”；“当三个女子从容地转辗于文明人所发明的枪弹的攒射中的时候，这是怎样的一个惊心动魄的伟大呵！中国军人的屠戮妇婴的伟绩，八国联军的惩创学生的武功，不幸全被这几缕血痕抹杀了”；“苟活者在淡红的血色中，会依稀看见微茫的希望；真的猛士，将更奋然前行”……这样的句子，非有浓烈而不止的感情，和雄健与深湛的笔力，是难以凝结并表达出来的。

拿来主义

［赏析］

《拿来主义》是鲁迅晚年的作品。该文写于1934年6月4日，最初发表于1934年6月7日的《中华日报·动向》，署名“霍冲”，后来收入杂文集《且介亭杂文》。

《拿来主义》既是鲁迅的一篇名文，更是鲁迅思想的一个重要特质。该文是针对当时一些以“国粹”相标榜的民族主义者而作的。“九一八事变”后，日本侵华态势日剧。为了树立民族自信心，增强“国威”，国民党于1934年2月发起了“新生活运动”，大力提倡以“礼义廉耻”为核心的中国固有的传统道德，一股民族复古主义思潮甚嚣尘上。在这股思潮推动下，文化界也跃跃欲试。美术家徐悲鸿、刘海粟去欧洲举办中国美术展览或个人美术展览，也被视为“发扬国光”；连梅兰芳去苏联演出京剧，也是为了催进“象征主义”。对于这样的一股复古逆流，鲁迅洞若观火。在他看来，这一以“发扬国光”为名目的运动，实际上是一种阿Q式的民族自大狂的表现。它看起来是要“走向世界”，要向全世界传播中国文明，其实质是要拒绝外来先进文化和普世价值观，为蒋氏在中国实施极权主义统治而鸣锣开道。为此，鲁迅则旗帜鲜明地主张：“拿来”，而不是“送去”！

正如文中所示，“拿来主义”的基本的文化态度是：“我们要运用脑髓，放出眼光，自己来拿！”首先，“拿来主义”不是“送去主义”。这一点我们上面已经辨明，在此不再赘述。其次，“拿来主义”也不是“送来主义”。“送来主义”是被动接受的成果，它未必是我们自己情愿要的。而一部中国近代史不就是西方列强强行兜售其“资本主义”货色的历史吗？这当然给中国带来了“文明”，强行驱赶中国走上“现代化”的道路，但同样也给中国带来了屈辱，因为其中的许多东西都不是我们想要的。“送来主义”其实是一种民族的耻辱，是“拿来主义”的文化态度首先要摒弃的。而更为重要的是，“拿来主义”的真正内涵，乃是一种现实的眼光和健康的心态，正如鲁迅所说：“首先要这人沉着、勇猛，有辨别，不自私。”为了说明“拿来主义”的精神内涵，鲁迅运用了他惯常的“杂文笔法”之一，即用想象的比喻“大宅子”来说明“拿来主义”这一抽象的道理。他先是排除了三种错误的态度和举动，即“孱头”、

"昏蛋"和"废物"的处置方式，最后仍然接续这一话题，形象而亲切地阐明"拿来主义"的基本内涵：

> 我想，首先是不管三七二十一，"拿来"！……他占有，挑选。看见鱼翅，并不就抛在路上以显其"平民化"，只要有养料，也和朋友们像萝卜白菜一样的吃掉，只不用它来宴大宾；看见鸦片，也不当众摔在毛厕里，以见其彻底革命，只送到药房里去，以供治病之用，却不弄"出售存膏，售完即止"的玄虚。只有烟枪和烟灯，虽然形式和印度，波斯，阿剌伯的烟具都不同，确可以算是一种国粹，倘使背着周游世界，一定会有人看，但我想，除了送一点进博物馆之外，其余的是大可以毁掉的了。还有一群姨太太，也大可以请她们各自走散为是，要不然，"拿来主义"怕未免有些危机。

最后，又归结到"拿来主义"这一话题："总之，我们要拿来。我们要或使用，或存放，或毁灭。那么，主人是新主人，宅子也就会成为新宅子。"一个看似抽象的命题，在鲁迅的笔下，成了一件日常生活中平易而常见的事情。鲁迅文章"举重若轻"的功夫，由此可见一斑。

“杂感文”本来是要议论时事的，本属于议论文的范畴。但鲁迅杂文的魅力却在于，他能把这种议论性的文章写得好看、好懂、好玩，使人阅读时不觉得厌倦，这就形成了鲁迅杂文所特有的诗性或艺术性的特质。《拿来主义》就是这种“诗与政论的结合”的鲁迅杂文的典范。

名家视角

鲁迅先生全集序

蔡元培

“行山阴道上，千岩竞秀，万壑争流，令人应接不暇”；有这种环境，所以历代有著名的文学家美术家，其中如王逸少的书，陆放翁的诗，尤为永久流行的作品。最近时期，为旧文学殿军的，有李越缦先生，为新文学开山的，有周豫才先生，即鲁迅先生。

鲁迅先生本受清代学者的濡染，所以他杂集会稽郡故书，校嵇康集，辑谢承后汉书，编汉碑帖，六朝墓志目录，六朝造像目录等，完全用清儒家法。惟彼又深研科学，酷爱美术，故不为清儒所囿，而又有他方面的发展，例如科学小说的翻译，中国小说史略，小说旧闻钞，唐宋传奇集等，已打破清儒轻视小说之习惯；又金石学为自宋以来较发展之学，而未有注意于汉碑之图案者，鲁迅先生独注意于此项材料之搜罗；推而至于引玉集，木刻纪程，北平笺谱等等，均为旧时代的考据家赏鉴家所未曾著手。

先生阅世既深，有种种不忍见不忍闻的事实，而自己又有一种理想的世界，蕴积既久，非一吐不快。但彼既博览而又虚衷，对于世界文学家之作品，有所见略同者，尽量的移译，理论的有卢那卡尔斯基，蒲力汗诺夫之艺术论等；写实的有阿尔志跋绥夫之工人绥惠略夫，果戈理之死魂灵等；描写理想的有爱罗先珂及其他作者之童话等，占全集之半，真是谦而勤了。

"借他人之酒杯，浇自己的块垒"，虽也痛快，但人心不同如其面，环境的触发，时间的经过，必有种种蕴积的思想，不能得到一种相当的译本，可以发舒的，于是有创作。鲁迅先生的创作，除坟，呐喊，野草数种外，均成于1925至1936年中，其文体除小说3种，散文诗1种，书信1种外，均为杂文与短评，以12年光阴成此多许的作品，他的感想之丰富，观察之深刻，意境之隽永，字句之正确，他人所苦思力索而不易得当的，他就很自然的写出来，这是何等天才！又是何等学力！

综观鲁迅先生全集，虽亦有几种工作，与越缦先生相类似的，但方面较多，蹊径独辟，为后学开示无数法门，所以鄙人敢以新文学开山目之。然欤否欤，质诸读者。

——《鲁迅全集》上海复社1938年版

鲁迅作品的经典意义

——《鲁迅作品集》序

严家炎

20世纪即将成为历史。站在世纪之交回眸百年中国文学,真正称得上经典的作家作品,似乎未必能排出一份很长的名单。

然而,无论这份名单长或短,我却相信,鲁迅永远是其中不可或缺的一位——并且大概还会居于首位。

鲁迅创作能成为20世纪的文学经典,是因为作品本身具有下述三种质素。

一是忧愤深广的现代情思。

"五四"新文学之所以能成为真正具有现代意义的文学,是基于人的觉醒,基于启蒙精神。"五四"新文学根本告别了"威福、子女、玉帛"的旧价值观念,充满了个性解放与民族自强的要求,充满了对国民蒙昧状态的深刻剖露和沉痛忧思,充满了对被压迫群众的沉挚关怀以及人人应该懂得自尊又应该懂得尊重别人的热情呼喊。鲁迅就是这种文学的最重要的奠基者,也是它的最杰出的代表。现代小说的开篇之作《狂人日记》，从几千年历史的字缝里读出了“吃人”二字，并发出“救救孩子”的呼声，可以说就是一篇文学形式的人权宣言。《故乡》中，当闰土张口叫一声“老爷”时，“我”竟至心灵震颤，“似乎打了一个寒噤”；这一笔也只有真正把农民视做朋友的鲁迅才能写出。《阿Q正传》既含泪鞭挞了阿Q的“精神胜利法”，也沉痛鞭挞了阿Q的“革命”，因为阿Q式的革命只是要站到未庄人的头上，成为新的压迫者；鲁迅很怕“二三十年以后”中国“还会有阿Q似的革命党出现”（《华盖集续编·〈阿Q正传〉的成因》）。早在1919年8月，鲁迅在为日本作家武者小路实笃四幕反战剧本《一个青年的梦》写的译者序中，就对“人人都是人类的相待”一句话表示“极以为然”，并且说：“中国也仿佛很有许多人觉悟了。我却依然恐怖，生怕是旧式的觉悟。”这里所谓“旧式的觉悟”，就是指自我获得解放之后却去压迫别人，损害他人以肥利自己，以及对“威福、子女、玉帛”一类封建性人生理想的追求。三个月后，鲁迅又为《一个青年的梦》写了第二篇《译者序》，说：“我虑到几位读者，或以为日本是好战的国度，那国民才该熟读这书，中国人又何须有此呢？我的私见，却很不然：中国人自己诚然不善于战争，却并没有诅咒战争；自己诚然不愿出战，却并未同情于不愿出战的他人。虽然想到自己，却并没有想到他人自己。譬如现在论及日本并吞朝鲜的事，每每有'朝鲜本我藩属'这一类话，只要听这口气，也足够教人害怕了。"鲁迅作品中这种人我关系完全平等、"容不得吃人的人活在世上"的主张，便充满了20世纪的时代意识，与封建的、小生产的、资产阶级损人利己的各类态度都截然不同。

对于个性主义，鲁迅当然是赞美和支持的，它是鲁迅前期作品的基本思想之一。无论是年轻时敢于拔神像胡子的吕纬甫，或者怀抱新理想与旧势力顽强抗争的魏连殳，他们都是鲁迅笔下令人同情的英雄。"站在沙漠上，看看飞沙走石，乐则大笑，悲则大叫，愤则大骂"(《华盖集·题记》)，这是当时那些追求心灵自由的知识者的真实写照。"我是我自己的，他们谁没有干涉我的权利！"《伤逝》女主人公子君的话语，更成为青年们风靡一时的口头禅。然鲁迅作品的可贵，不仅在于写出个性主义的值得肯定，还在于写出个性主义具有脆弱的一面。吕纬甫失却蓬勃朝气而走向消沉、颓唐；魏连殳由愤世嫉俗发展到玩世不恭、痛苦屈服；更年轻的子君、涓生也终于演出婚恋的悲剧。觉醒的个体面对强大的“无物之阵”，往往失败告终。鲁迅作品中弥漫的悲剧性气氛，与其说由于中国知识分子对西方上世纪末兴起的新思潮的认同，不如说出于对东方专制主义统治下社会现实的深刻体察。鲁迅谈到20年代沉钟社作家们悲凉心情时说：“即使寻到一点光明，‘径一周三’，却是分明的看见了周围无涯际的黑暗。”（《中国新文学大系·小说二集序》）这其实也正是整个“五四”一代知识青年普遍面临的状况。它是单纯的个性主义武器所无法对付的。可以说，鲁迅作品不仅启了旧的封建主义之蒙，同时也启了新的个性主义之蒙。丰富的战斗实践经验，使鲁迅很早就成为无产阶级的天然盟友，而在接受马克思主义以后，更能纯熟自如地运用这一武器，开展两条战线的斗争，在正面与敌人作战的同时，抵制和反对种种机械论、庸俗化的倾向。这就是文学家而又兼思想家的鲁迅的深邃之处，也是他的文学作品的重大价值所在。

二是超拔非凡的艺术成就。

鲁迅创作又是“文的觉醒”的杰出代表。如果说大部分五四新文学作家的作品都比较幼稚浅露，那么，鲁迅作品艺术上却是圆熟独到的。他比一般作家高出一大截，几乎形成“鹤立鸡群”之势。无论小说、散文、散文诗或杂文，鲁迅的许多作品都包含了对生活的独特发现，熔铸着作者自己的真知灼见，在艺术表现上又是那么简洁凝练，圆熟老到，质朴遒劲，回味无穷，因而具有沉甸甸的分量。尤其在塑造人物方面，鲁迅有一种近乎神奇的本领，往往寥寥几笔，就能使人物栩栩如生，形神毕肖。他的小说不多，却能创造出闰土、阿Q、祥林嫂、孔乙己、魏连殳等一系列出色的典型，连不多几笔写成的杨二嫂也那么令人难忘，这不能不说是一种辉煌的成功。散文里的长妈妈、龙师父、范爱农、藤野先生，也都是一些很有艺术光彩的生动形象。不识字的长妈妈，本不知《山海经》为何物，但听说少年鲁迅喜爱书，就花钱买了回来，高兴地说道："哥儿，有画儿的。'三哼经'我给你买来了！"范爱农死后，尸体也是直立着。细节的选择和描画何等传神有力！这些都和作者"静观默察，烂熟于心"，然后用最省俭的笔墨去刻画人物最独特的地方——"画眼睛"的方法有关，更和作者着意于"挖掘灵魂的深处"——"写灵魂"这一艺术主张密切相连。

鲁迅作品在艺术上的高度成就，固然由于他超群的创作才能，更得力于他广纳百川，通古今，吸收融汇了西方近代和中国古代丰富的文学营养，他历来主张

“博采众家，取其所长”（《鲁迅书信集·462 致董永舒》），借鉴一切有用的创作方法和表现手法。他曾以自己的经验告诉青年文艺家：“必须如蜜蜂一样，采过许多花，这才能酿出蜜来，倘若叮在一处，所得就非常有限，枯燥了。”（《书信集·1186 致颜黎民》）鲁迅小说的结构、形式取自西方，然而叙述描写都很简洁，极少琐细的环境描写，“宁可什么陪衬拖带也没有”，这又得力于“白描”，得力于中国文学丰富的抒情传统。就创作方法而言，鲁迅作品既有属于主体地位的写实主义，又有浪漫主义、象征主义、表现主义，它们相互错综，相互渗透，形成多元的斑斓的色调。单纯与丰富，质朴与奇警，冷峻与热烈，浅白与深刻，诗情与哲理，西方影响与民族风格，在鲁迅作品中统一得那么和谐，那么出色，达到了极高的境界。

三是文体实验的巨大功绩。

要说20世纪的文体家，当推鲁迅为首选。他是文备众体的一代宗师。在新文学的小说、杂感随笔、散文、散文诗各类体裁方面，他都是真正的先驱，不仅筚路蓝缕，而且建树辉煌。

新体白话小说在鲁迅手中创建，又在鲁迅手中成熟。海外有的学者以为《狂人日记》之前，已有陈衡哲的《一日》，首创之功不属鲁迅。但其实，《一日》姑不论其文笔稚嫩，即以文体而言亦非小说，作者陈衡哲女士自己说得明白：那是一篇记事“散文”。无论从创作时间之早，思想容量之大，艺术质量之高来说，《狂人日记》的开山地位都是无可动摇的。

鲁迅小说文体的突出特点，是富有开创精神。以《呐喊》、《彷徨》而论，作者根据不同小说内容的需要，为每篇作品精心寻找恰到好处的体式和手法：有的裁取横断面，有的直现纵剖面，有的多用对话，有的近乎速写，有的采用由主人公自述的日记、手记体，有的采用由见证人回述的第一人称，有的则用完全由作者进行客观描绘的第三人称，有的抒情味很浓，有的讽刺性很强，有的专析心理，有的兼表哲理；形式种类极为多样。正像沈雁冰当年《读〈呐喊〉》一文所说：“在中国新文坛上，鲁迅君常常是创造形式的先锋，《呐喊》里的十多篇小说，几乎一篇有一篇新形式，而这些新形式又莫不给青年以极大的影响，必然有多数人跟上去试验。”后来的《故事新编》，更属全新的大胆尝试。作者运用古今杂糅、时空错位乃至荒诞、夸张的手法，将神话、传说、历史上的人物还原于凡俗的环境中，寄托或庄严、或滑稽、或悲哀、或憎恶的诸种心态。这是鲁迅借鉴国外表现主义作品而做出的重要创造。

散文诗的创作,在中国,鲁迅也是第一人。从《自言自语》一组到《野草》24 篇,可以看出作者为展示自我心灵世界而探索运用这一文体,达到得心应手的过程。《野草》融合了鲁迅的人生哲学和艺术哲学。奇幻的意象,幽深的境界,象征的方法,冷艳的色彩,精妙的构思,诗意的“独语”:鲁迅所作出的这些最富个性的贡献,使散文诗成为 20 世纪中国文学里隽妙精美、极具魅力的艺术珍品。

杂文更可以说是鲁迅的文体。它虽起源于《新青年》上的随感录,却主要由于鲁迅的弘扬与创造而成为文学中的一体。这种文艺性的议论文,往往融随笔、时评、政论、诗、散文于一炉,以便自由挥洒、短兵相接地对时事、政治、社会、历史、文化、习俗、宗教、道德诸类问题作出广泛而敏锐的反应。长达 18 年的时间里,鲁迅倾注大部分精力,在这一并无固定体式的领域纵横驰骋,使他天马行空般的文思与才华酣畅淋漓地发挥到了极致。鲁迅赋予这种文体以丰厚的审美特质。鲁迅杂文以其思想的锋锐性、深刻性和丰富性,议论的形象性、抒情性和趣味性,赢得千千万万读者的喜爱,成为中国思想史、文化史、文学史上一座罕见的宝库。

我们大概无须一一列述鲁迅各类作品在各种文体上的贡献。其实，在文学艺术的许多根本问题——例如思想与艺术，继承与创新，开放与自立，西方影响与民族风格等方面，鲁迅的实践和理论都具有根本的意义。它们同样证明了鲁迅作品的经典价值。

鲁迅是超前的，也是说不尽的。鲁迅不仅属于20世纪，属于过去，更属于21世纪，属于未来！

——《北京大学学报》(哲学社会科学版)1996年第1期

鲁迅究竟是谁

——周海婴在2006“上海书展”上的讲演

一、我想触摸活着的鲁迅

我一直有一个想法，就是想写一篇名为《我想触摸活着的鲁迅》的文章，目的就是希望鲁迅能够真实地活在21世纪青年人的心中，让他活得更好，活得更有意义，更能促进中国社会朝向健康文明的方向发展。

时间的推移和历史的变迁不仅会固化我们的情感，而且也会加深我们对人与事的认识。对于已成往事的20世纪，作为鲁迅的家属，我的感慨不仅深刻，而且复杂：鲁迅在20世纪的影响是有目共睹的，他以毕生不懈的努力创造了一个辉煌的“文化鲁迅”，这是我作为鲁迅家属的骄傲。从更广的视野来看，鲁迅作为作家的意义可能还表现在中国社会由传统向现代转型的历史进程中，在这个过程中，鲁迅努力实践着传播新文化的信念，同时，他也因为自己不惮前驱的意志而成为了一面具有召唤性的旗帜，对以后那些同样致力于中国进步与发展的有为者而言，鲁迅是令人尊敬的前辈和导师。

然而，从20世纪到21世纪的今天，关于鲁迅，似乎发生了许多变化，有些变化还在持续进行中，这些变化不仅使我感到十分不安，而且，随着时间推移，这种不安又越来越明显地在我内心转化为对“文化鲁迅”的责任感了。2002年，我们在上海成立了非企业性质的鲁迅文化发展中心，全身心地开始了接近鲁迅的工作，把中心的办公地点就选择在当年鲁迅住过的上海虹口，离他的墓地走路3分钟。在4年的工作中我接触了与鲁迅相关的所有纪念馆，联系了与鲁迅命名的各类学校，对鲁迅故乡和他的所到之处作了大量的实地访问，此外，我还与一些研究鲁迅的学者、专家取得了联系。在与社会大众的交流中我获得了大量信息。当然，我也接触了很多学生。随着工作的展开和延续，原来那些让我不安的东西越来越沉重了。在此之前，作为鲁迅的儿子，我天然地拥有与鲁迅最直接而密切的关系，但是现在这种联系似乎已经被一种无形的力量切断了，我在宣传鲁迅、纪念鲁迅这样一个垂直的系统里，并没有找到那个本应属于我的独特位置。这是一件令人感到遗憾的事情。在法理上鲁迅应该就是我的亲人，在感情上也是我的亲人，可是现在却感觉这个鲁迅离我很遥远，好像几乎已经不是我们家里的人了，我背负着鲁迅儿子的重负却几乎不能直率的表白，就是当我把所有鲁迅遗物捐出去以后，我从此就开始被当成了花瓶。在这种情况下，我们家属很疑惑，如果这种权利也被剥夺的话，这还是否符合鲁迅的原意？

假如鲁迅作为一个时代的符号有理由有必要走下去的话，则必须给青年人一个有血有肉的鲁迅。生活中的鲁迅其实是个爱开玩笑、非常幽默和蔼的人。从鲁迅的外貌上来说，我想还他的是这样一个原本的形象，说老实话，我迫切地需要表达我们家属对鲁迅的认识。

二、"意识形态化"掩盖了真实的鲁迅形象

在已经存在的对鲁迅的认识和理解中，鲁迅的真实形象显得遥远而模糊。现在我虽然在很多地方可以听到鲁迅，鲁迅也还是以各种各样的形式呈现着，但是这样的鲁迅并不是非常真实的。

事实上，对鲁迅的宣传和纪念始终都与对鲁迅的

认识相互联系着。作为鲁迅的家属,我对这一点尤为敏感。鲁迅与现代中国社会的变革关系是很密切的。因此,鲁迅与现代中国革命历史的关系也就显得格外醒目。在新中国成立以后的时间里,鲁迅受到了来自政治意识形态的特别重视,鲁迅的革命性开始逾越他的文学家和思想家的身份而得到了特别的强调。以往很多描述鲁迅的文字也把他刻画成了一个喋喋不休、拿着匕首和投枪的战士形象,形象是双眉紧蹙严峻凝重的,思想是革命化战斗化的,没有个性和生活,其他方面似乎都淡化掉了,只剩这么一个壳,甚至在对这个壳的描述中,也忽略了他作为思想家、文学家的存在,离开了他作为一个最根本的文学家这样一个位置。我总觉得这样的鲁迅很空洞,我不认识这样一个鲁迅。以后,中国的现行教育体制也把这个特别“革命化”了的鲁迅形象以知识普及的形式传播给了一代代中国人。即使到了21世纪的今天,我们中学语文课本里的鲁迅形象也还保留着浓厚的“意识形态化”的特征。这个“意识形态化”了的鲁迅体现更多的实际上是一种实用价值,而他的思想价值和文学价值则被大大地简化了。此外,对鲁迅的认识和理解还存在着另外一种形式,这就是存在于中国各大高校和各研究机构里的鲁迅研究。鲁迅研究的工作也因为历史的原因曾一度被“意识形态化”,20 世纪 80 年代以后开始出现明显变化,出现了很多优秀的鲁迅研究者。我对他们的工作很尊重,因为,他们把主要力量和智慧放在了“还原历史中的鲁迅”这样一个工作上。“还原历史中的鲁迅”之所以重要,是因为在 20 世纪的相当一段时间里,鲁迅被严重地“革命化”和“意识形态化”了,以至于完全掩盖了历史中真实的鲁迅形象,当然也就取消了鲁迅作为中国社会从传统向现代转型过程中巨大的思想存在和文化价值。然而,这种还原的工作,由于研究者个人的立场差异存在理解与认识上的歧见,因而,也就会存在思想上不同见解间的论争。也就是说,学术界对鲁迅的认识是不完全统一的,还处在一个不断还原,以趋于接近那个历史中真实的鲁迅的过程之中。

因此,我的不安显得尤为迫切。根据我的不完全调查,现在青年的一代已经开始淡忘鲁迅了,如果你去问他们“鲁迅是谁?”他们就会说“横眉冷对千夫指”呀,“俯首甘为孺子牛”呀;这都是一个已经“阶级斗争化”了的鲁迅,一个除了用“战士”这个名词来说明以外就找不到词汇来说明的鲁迅。鲁迅在 20 世纪所做的工作及其对推动中国社会现代转型的历史意义,他们几乎没有什么了解。所有这些都令我十分不安和迷惑，因此，如何让鲁迅活在21世纪青年人的心中，这是一个需要全社会共同来关注的大问题。而解决这个问题的关键，恐怕首先在于回答“鲁迅是谁”这样一个问题。

那么，鲁迅究竟是谁呢？

三、还原鲁迅的真精神

如果说，“还原历史中的鲁迅”是在追求对鲁迅的认识价值，那么，我所说的要对鲁迅的人格和精神做出概括，则是在追求鲁迅的文化价值和精神意义。

寻求对鲁迅的理解，找寻“鲁迅是谁”这个问题的答案，关键在于对鲁迅的人格和精神做出概括。我想从四个方面来谈谈我个人对父亲的认识。

首先是立人为本的思想。

“立人为本”是鲁迅精神的灵魂。实际上，鲁迅从青年时代起就自觉地把自己的全部精力投入到了推动中国社会现代转型这样一个巨大的社会工作上去了。国族遭受凌辱的历史困境曾使鲁迅十分痛心，这激发了他对人的精神麻木，尤其是中国人的精神麻木的自觉而深入的关注。他在日本留学期间无意间看到影像中麻木的中国人,这件事对鲁迅刺痛最深,他在《呐喊自序》里写到:“这一学年没有完毕,我已经到了东京了,因为从那一回以后,我便觉得医学并非一件紧要事,凡是愚弱的国民,即使体格如何健全,如何茁壮,也只能做毫无意义的示众的材料和看客,病死多少是不必以为不幸的。所以我们的第一要著,是在改变他们的精神,而善于改变精神的是,我那时以为当然要推文艺,于是想提倡文艺运动了。只有当具有个体尊严和独立思考能力的人被确立起来,一个现代意义上的中国的崛起和强大才是可能的。”鲁迅在这里讲到的个体尊严和个体意识的觉醒,就是他“立人为本”思想的精髓。

鲁迅讲的个体尊严,代表着现代人的价值理念,这种观念表明每个个体都有充分发展自我、享受幸福的权力,同时,他也完全拥有个人独立思考的权力,这是每个人的天赋人权。人不应该为自己的独立思考遭受损害,这是一种普世价值理念。而个体意识的觉醒则意味着个体对自我的生存价值的关注与自觉。拥有这种个体意识的人会自觉地要求自己活出一个样子出来,他会活得很有尊严,也很有魅力,所以,一个人有了这样的意识,他就具有了真正的勇气,他就可以“横眉冷对千夫指”了。他也就可以拥有“一个人走自己的路，让别人说去吧”这样一种坦荡的胸怀了。所以，个体意识着重于人的生命价值和意义的追求，以及人的精神气度的养成。

拥有了个体尊严和个体生命的自觉意识，也就拥有了鲁迅所说的“自信力”。而这些拥有自信力的人，才是中国的脊梁。鲁迅在《中国人失掉自信力了吗》一文中就说：“我们从古以来，就有埋头苦干的人，有拼命硬干的人，有为民请命的人，有舍身求法的人……虽是等于为帝王将相作家谱的所谓‘正史’，也往往掩不住他们的光耀，这就是中国的脊梁。”所以，鲁迅接着指出：“要论中国人，必须不被搽在表面的自欺欺人的脂粉所诓骗，却看看他的筋骨和脊梁。自信力的有无，状元宰相的文章是不足为据的，要自己去看地底下。”觉醒人的个体尊严，激活人的个体生命意识，这是鲁迅人格与精神的首要之点，具有个体尊严和清醒的个体意识是他特别看重的精神品质。

第二是独立思考。

如果说立人为本是鲁迅思想与精神的灵魂的话，那么，独立思考则是他的骨髓，它使“立人为本”这个灵魂获得了支撑。仔细思考鲁迅的独立思考的内容，大概可以包括三个方面：

1. 独立思考体现为一个人如何把“立人为本”的理念真正落实在自己的身上。这种独立思考要求一个个体自觉的人对自己的生命负有完整的责任。在五四新文化时代，像鲁迅这样的早期思想启蒙者特别看重一个人对自己生命的负责态度。我要过怎样的生活不应该让父母来包办，也不应该由某个外在的绝对权威来支配，我有我自己的选择，这其实是五四新文化运动中最重要的东西。它真正推动了中国社会的现代转型。我这样一个人应该怎样度过自己的一生才是有意义的，对这样的问题，一个有独立思考能力的人是有着明确坚定的立场的。

2. 真正的独立思考意味着能够把批判精神体现出来。鲁迅在《野草》中描写了一个举起投枪的战士，这个战士的形象很大程度上就是他的自我形象。这就是说，鲁迅是自觉地把批判的重担放在了自己身上的。他是一个真正意义上的斗士。这里，批判的意思是一个人有勇气面对真实的世界，并且不依赖任何外在的权威做出自己独立的判断。鲁迅就是一个具有这种批判精神的斗士。值得特别强调的是，鲁迅的这种批判目的不是破坏、拆毁和颠覆，而是在于推动中国社会的现代转型，建设一个强大的中国。他的建设性的意义是非常明显的。应该说，鲁迅对孙中山推翻千年帝制、亲手创建的新制是有感情的，是希望它成长壮大的。正是因为有了这样一种希望和期待，他才对那些丑恶的、腐败的、麻木的、落后的现象怀抱如此深刻的愤怒。但在这愤怒后面难道不是跳动着一颗希望的心吗？所以，我们说鲁迅是一个为新文化理念去战斗的人。当他看到一切阻碍着新文化传播的力量的时候，他是以合法的、和平的方式来捍卫新文化的，虽然有时候他使用讽刺与挖苦的笔调，但这仅仅是他的一种个人风格，是无可厚非的。

3. 独立思考也意味着文化与观念的创新精神。在拥有深厚封建文化传统的国度努力传播新文化的理念，这本身就是一种文化的创新，是需要用勇气来实践的一项人类壮举。鲁迅首先是思想家。这是我们一开始就特别强调的。鲁迅强调在思想与文化观念上的创新，是在科技创新和制度创新基础上的更高程度的创新。同时，也要看到，科技创新和制度创新也必须依赖于我们在多大程度上具有思想和文化创新的意识。所以，文化和观念的创新既是基础性的创新，同时也是主导性的创新。

第三是拿来主义。

鲁迅是一个在文化上积极主张拿来的思想家。拿来主义就好像是鲁迅精神与人格的眼睛，体现的是他的气度、视野和眼光。他在《拿来主义》一文中这样写道："我们被'送来'的东西吓怕了。先有英国的鸦片，德国的废枪炮，后有法国的香粉，美国的电影，日本的印着'完全国货'的各种小东西。于是连清醒的青年们，也对于洋货发生了恐怖。其实，这正是因为那是'送来'的，而不是'拿来'的缘故。"这"送来"的历史就是被迫、屈辱的历史。何以打破这被迫和屈辱呢？那么，就首先需要去拿来。所以他说："总之，我们要拿来。我们要或使用，或存放，或毁灭。那么，主人是新主人，宅子也就会成为新宅子。然而首先要这人沉着，勇猛，有辨别，不自私。没有拿来的，人不能自成为新人，没有拿来的，文艺不能自成为新文艺。"拿来主义体现的是文化的气度、视野与眼光。他是一种主动积极的态度。值得注意的是，鲁迅的拿来主义，他的立场是完全中国的。他是脚踩在中国的大地而放眼世界的，一切拿来的东西都是为了我们自身的自强和壮大。所以，他与崇洋媚外是势不两立的，也不赞同无选择的乱拿。

第四是韧性的坚守。

韧性的坚守是鲁迅精神的手和足,它是对上述三个方面的积极而坚持不懈的践履,是观念落实在行为上的具体过程,是一步步走、一点点做的持续不断地努力和进取。所以,鲁迅的韧性,体现的是一种坚守的精神。它从两个方面表现出来:一是长度,二是强度。所谓长度,就是指每天的工作从不懈怠,所谓强度,就是指每日工作的辛劳与效能。鲁迅在他的《野草》中有这样的句子:“是的,我只得走了。况且还有声音常在前面催促我,叫唤我,使我息不下。可恨的是我的脚早已经走破了,有许多伤,流了许多血。”那“前面的声音”其实也就是他自己内心的声音,这实际上就是他自己生活的真实写照,持之以恒,进之以猛,把坚守贯穿于生命的整个历程,一个人能够拥有这样的人生,就足以令自己欣慰的了。所以,我们理解的鲁迅,在他生命的最后时刻,在他弥留之际,是没有什么悲哀痛苦的,因为在他的一生中他尽可能做自己想要做的事,而且做得那么好,鲁迅在自我完成方面是足够欣慰的。一个人能够在自己有限的生命历程中把自己做成,这是多么精彩,他怎么会感到悲哀呢?所以,筹拍40集鲁迅电视剧,我就对编剧们说,不要把鲁迅的弥留之际描写得很悲哀，他应该是豪情满怀的。

从鲁迅身上我们可以看出，要做到韧性的坚守，就要面对三个东西：暴力、权力和软暴力，应该说，鲁迅对来自这三个方面的压力是做好了足够的精神准备的，所以，他从来没有被暴力和权力屈服过，更没有被软暴力所腐化和动摇。尤其是软暴力，更有当今的现实意义。要知道，鲁迅当年的生活是很精致的，他当年的生活大概仍然是今天很多人追求的梦想，但是鲁迅从来没有因为自己拥有这样的生活就遗忘了自己对社会的使命，他对自己的使命和自我完成是充分自觉的。现在社会上流行的拜金主义思想很严重，对青年一代影响很坏，一个孩子在家里总是养尊处优，害怕困难，遇到一点点挫折就受不了，这很成问题。我们这个时代是一个软暴力处处显示威力的时代，如何在这样一个时代中使每个生命个体发育成型，拥有健全的个体生命自觉，这是很重要的问题，值得我们认真对待。

以上我谈了我的不安和迷惑，谈了鲁迅的精神和人格，这是在沉思良久后，我作为鲁迅的后代鼓起勇气，在鲁迅走后 70 年来第一次说出我的想法，发出我的声音。第一次表达我作为鲁迅的儿子对父亲的理解和认识。我希望能够促进社会各界传播和弘扬鲁迅精神，并且让这样一种鲁迅精神真正地活进21世纪，这是一个很有意义的社会工作。但我绝不是把鲁迅作为我个人的事情来做的，而是把他作为一个社会性的事业来追求，中国的未来需要鲁迅，需要这样的文化精神。因为他已经是一种经过一个世纪大浪淘沙所产生的中华民族现代的文化精神和脊梁的象征。我希望这样一个社会性的工作能够有更多的人来参与。我在2006年策划了一系列纪念活动，以纪念鲁迅逝世70年。对这样一个社会性的事业而言，这仅仅是一个开始，我提议将2006年作为“普及鲁迅元年”，希望以此作为新的起点，把这一工作持续、有效、深入地开展下去。

（本文为作者在2006年“上海书展”《鲁迅与我七十年》一书发布会上的讲演）

原载《语文新圃》2006年第11、12期

鲁迅简谱

1881 年(清光绪七年　辛巳)　1 岁

9 月 25 日(农历八月初三)　出生于浙江省绍兴府会稽县东昌坊口新台门周家。取名樟寿,字豫山(后改名周树人,字豫才)。“鲁迅”是 1918 年发表《狂人日记》时所用的笔名。

1887 年(光绪十三年　丁亥)　7 岁

入家塾,从本家叔祖周玉田先生初诵《鉴略》。

1892 年(光绪十八年　壬辰)　12 岁

入三味书屋读书,塾师寿镜吾先生。

幼年时代　常随母亲鲁瑞到绍兴城外农村安桥头村,接触了农村的生活。《社戏》中所描写者,皆安桥头一带农村的风情,时正十一二岁左右。

1893 年(光绪十九年　癸巳)　13 岁

秋　祖父周福清(字介孚)因科场案下狱。周家变卖产业营救。鲁迅兄弟 3 人避难于亲戚家。次年父亲周凤仪(字伯宜)病重。为了延医买药,鲁迅常出入当铺、药店。家道开始中落。

1898(光绪二十四年　戊戌)　18 岁

5 月　往南京考入江南水师学堂。

10 月　改入江南陆师学堂附设矿务铁路学堂(简称"矿路学堂")。

1902 年(光绪二十八年　壬寅)　22 岁

1 月 27 日(农历辛丑十二月十八日)　从矿路学堂毕业。提出赴日本留学申请,经江南督练公所审核批准。

3 月 24 日(农历二月十五日)　自南京乘船经上海东渡日本留学。4 月下旬,转赴东京弘文学院。

11 月　与许寿裳、陶成章等百余人在东京组成浙江同乡会,决定出版《浙江潮》月刊。

本年　课余常"赴会馆,跑书店,往集会,听讲演",参加各类社会活动,尤喜读哲学与文艺之书,开始关注人性及国民性问题。

1903 年(光绪二十九年　癸卯)　23 岁

3 月　剪去发辫,摄"断发照",后题诗一首("灵台无计逃神矢")于"断发照"背面,赠许寿裳。

本年　开始为《浙江潮》撰文。翻译法国儒勒·凡尔纳的科幻小说《月界旅行》《地底旅行》。

1904年(光绪三十年　甲辰)　24岁

4月　从弘文学院结业。

9月　入仙台医学专门学校。

1906年(光绪三十二年　丙午)　26岁

1月　在细菌学课堂上,遭遇"幻灯事件",深受刺激,决定弃医从文。

2月　从仙台医学专门学校退学,转赴东京读书、学外语,并从事文艺活动。

6月　奉母命回国与山阴县朱安女士完婚。

1907年(光绪三十三年　丁未)　27岁

本年夏　与许寿裳等筹办文艺杂志《新生》,未果。

本年　开始为河南留日学生主办的《河南》月刊撰写《人间之历史》(1926年编入文集《坟》时改题为《人之历史》)《摩罗诗力说》《科学史教篇》《文化偏至论》等。

1908(光绪三十四年　戊申)　28岁

本年夏　与许寿裳、钱玄同、周作人等8人在《民报社》从章太炎先生学习文字学。

本年　参加反清秘密组织“光复会”。

1909年(清宣统元年　己酉)　29岁

3月　与周作人合译的《域外小说集》第1册出版;7月续出第2册。

8月　结束日本留学生活归国。在杭州浙江两级师范学堂任生理学和化学教员。

1910年(宣统二年　庚戌)　30岁

7月　辞浙江两级师范学堂教职。

9月　任绍兴府中学堂生物学教员及监学。

1911年(宣统三年　辛亥)　31岁

5月　赴日本促周作人夫妇回国。

夏　辞绍兴府中学堂教职。

10月　辛亥革命爆发。回绍兴府中学堂任职,旋任浙江山会初级师范学堂监督。

本年　作文言短篇小说《怀旧》,发表于《小说月报》第4卷第1号。

1912年(民国元年)　32岁

2月　辞山会初级师范学堂职。应中华民国临时政府教育总长蔡元培之邀,赴南京任教育部部员。

5月　南北和谈成功,随临时政府迁往北京。寓居北京宣武门外南半截胡同绍兴县馆内的藤花馆。

8月　任北洋政府教育部佥事,旋被任命为社会教育司第一科科长。

1913年(民国二年)　33岁

2月　被教育部选聘为读音统一会会员。发表《拟播布美术意见书》。

10月　开始以明代吴宽丛书堂本校《嵇康集》。

1914年(民国三年)　34岁

4月起　陆续选购大量佛学书籍,于公事之余研究佛学。

11月　辑成《会稽郡故书杂集》一册,明年以“周作人”名义印行。

1915年(民国四年)　35岁

8月3日　教育部指派参加通俗教育研究会;9月1日,被任命为通俗教育研究会小说股主任。

9月15日　陈独秀主编的《青年杂志》(后易名为《新青年》)创刊于上海。

12月　袁世凯称帝。

本年　公余开始搜集、研究金石拓片,尤侧重汉代画像及六朝造像。

1916年(民国五年)　36岁

5月6日　自绍兴县馆藤花馆移居馆内补树书屋。

12月　回绍兴省亲。

1917年(民国六年)　37岁

1月　胡适在《新青年》第2卷第5号发表《文学改良刍议》,揭开"文学革命"的序幕。

7月3日　因张勋复辟,愤而从教育部离职;动乱平息后,16日回部工作。

1918年(民国七年)　38岁

4月2日　作小说《狂人日记》,以"鲁迅"为笔名发表于《新青年》第4卷第5号。从此开始登上文坛，创作不辍。

9月　开始在《新青年》杂志第5卷第3号《随感录》栏目发表杂感。

冬　作小说《孔乙己》。

1919年(民国八年)　39岁

4月25日　作小说《药》。

5月4日　五四运动爆发。

11月21日　自宣武门外绍兴县馆迁居西直门内公用库八道湾11号。

12月　返绍兴迁家至北京。

1920年(民国九年)　40岁

8月5日　作小说《风波》。

8月　先后兼任北京大学、北京高等师范学校讲师。

1921年(民国十年)　41岁

1月　作小说《故乡》。

7月　中国共产党第一次代表大会先在上海后在

浙江嘉兴召开。

12月　所作小说《阿Q正传》开始在北京《晨报副刊》连载，至1922年2月12日载毕。

1922年(民国十一年)　42岁

10月　作小说《兔和猫》《鸭的喜剧》《社戏》等。

12月3日　编完小说集《呐喊》，并作序。次年8月由北京新潮社出版，列为该社《文艺丛书》之一。

1923年(民国十二年)　43岁

7月　与周作人"兄弟失和"；8月2日由八道湾11号迁居砖塔胡同61号。

7月　开始在北京女子高等师范学校、北京世界语专门学校等学校讲授中国小说史及文艺理论等课程。所编讲义《中国小说史略》上册于12月由北京新潮社出版。

12月26日　往北京女子高等师范学校演讲，题为《娜拉走后怎样》。

1924年(民国十三年)　44岁

2月　作小说《祝福》《在酒楼上》《幸福的家

庭》等。

5月25日　自砖塔胡同61号迁居阜成门内西三条21号。

6月　作《〈嵇康集〉序》，同时又作《〈嵇康集〉逸文考》《〈嵇康集〉著录考》。自1913年起曾多次校勘《嵇康集》，至此已基本写定。

6月20日　《中国小说史略》下册，由北京新潮社出版。该书于次年9月由北京北新书局合为一册再版。

7月7日　应西北大学及陕西省教育厅之邀，赴西安作暑期讲学，至8月4日止。讲演题目为《中国小说的历史的变迁》，共11次。

9月　开始创作散文诗《秋夜》，后集为散文诗集《野草》。

11月17日　《语丝》周刊在北京创刊，鲁迅为该刊重要撰稿人。

1925年(民国十四年)　45岁

4月　作论文《春末闲谈》《灯下漫笔》。

8月　因在"女师大风潮"中同情并支持学生，被北洋政府教育总长章士钊解职。

夏　与韦素园、曹靖华、李霁野、韦丛芜等组织文学团体未名社。

10 月　作小说《孤独者》《伤逝》。作《〈热风〉题记》,杂文集《热风》本月由北京北新书局出版。

12 月　作论文《论"费厄泼赖"应该缓行》;编订杂文集《华盖集》,并作《题记》,次年 6 月由北京北新书局出版。

1926 年(民国十五年)　46 岁

1 月 17 日　控告章士钊胜诉,教育部令"周树人暂署本部佥事","免职之处分系属违法,应予取消"。

2 月 21 日　开始做回忆性散文《狗·猫·鼠》,后集为散文集《朝花夕拾》。

3 月 18 日　"三一八惨案"发生。作杂文《无花的蔷薇》。

3 月 26 日　因列名于北洋政府所传通缉名单,避难入莽原社、山本医院、德国医院、法国医院等处。5 月初始回寓。

4 月 1 日　作散文《记念刘和珍君》。

8 月 26 日　启程赴厦门,拟任厦门大学文科教授。

8 月　小说集《彷徨》由北京北新书局出版。

9 月 4 日　抵厦门，暂住厦门大学生物学院三楼，后迁居集美楼。

10 月 30 日　编订杂文集《坟》并作《题记》。次年 3 月由未名社出版。

12 月 31 日　辞厦门大学教职。

1927 年(民国十六年)　47 岁

1 月　由厦门至广州，任中山大学文学系主任兼教务主任。

2 月　往香港。先后演讲《无声的中国》、《老调子已经唱完》等。

4 月　广州“四一五”政变发生。同日参加中山大学各主任紧急会议营救学生无效，愤而辞职。

4 月 26 日　编订散文诗集《野草》并作《题辞》。本年 7 月由北京北新书局出版，列为“乌合丛书”之一。

5 月 1 日　编订回忆性散文集《朝花夕拾》并作《小引》。次年 9 月由未名社出版，列为“未名新集”之一。

9 月 27 日　偕许广平乘船由广州赴上海。10 月 3 日抵达，后由旅馆迁入东横滨路景云里 23 号，开始与许广平的同居生活。

12 月　应国民政府大学院院长蔡元培之聘，任大学院特约撰述员，至 1931 年被裁撤。

1928 年（民国十七年）　48 岁

1 月 15 日　创造社《文化批判》创刊，对鲁迅展开批判，由此开启了鲁迅与创造社、太阳社的论战。

4 月 4 日　作《文艺与革命》（复冬芬信）。

6 月 20 日　与郁达夫合编的《奔流》月刊创刊。

10 月　杂文集《而已集》由上海北新书局出版。

12 月 6 日　《朝华》周刊创刊。该刊是由鲁迅、柔石、崔真吾、王方仁、许广平等组成的朝花社编印。

1929 年（民国十八年）　49 岁

5 月　离沪北上探母。先后在燕京大学、北京大学第二院及北平大学第二师范学院、第一师范学院等校演讲。6 月 5 日回到上海。

9 月 27 日　儿子周海婴出生。

1930 年（民国十九年）　50 岁

2 月 23 日　参加中国自由运动大同盟成立大会，

列名为发起人之一。

3月2日　出席中国左翼作家联盟(简称“左联”)成立大会,被选为执行委员,大会上作《对于左翼作家联盟的意见》的演讲。

3月19日　因参与中国自由大同盟而遭国民党政府通缉,离寓暂避。4月19日始回寓。

4月12日　译《文艺政策》毕并作后记。该书为苏联文艺政策的文件汇编,本年6月由上海水沫书店出版,列为《科学的艺术论丛书》之一。

4月19日　作杂文《“丧家的”“资本家的乏走狗”》。

5月12日　自景云里17号迁居北四川路194号拉摩斯公寓A三楼4号。

9月17日　参加“左联”发起的鲁迅50寿辰纪念会。

1931年(民国二十年)　51岁

1月20日　闻“左联五烈士”柔石、殷夫、胡也频、冯铿和李伟森被捕,离寓暂避。2月28日始回家。

4月25日　在“左联”秘密出版的刊物《前哨》创刊号(“纪念战死者专号”)上发表《中国无产阶级革命

文学和前驱的血》。同时又为美国《新群众》杂志作《黑暗中国的文艺界的现状》。

7月20日 往上海社会科学研究会演讲，题为《上海文艺界之一瞥》。

8月17日 请日本美术教师内山嘉吉先生为中国青年木刻者讲授木刻技法，自任翻译，至22日止。

9月21日 就“九一八”事变作《答文艺新闻社问》。

12月11日 参与编辑的“左联”刊物《十字街头》创刊。

1932年(民国二十一年) 52岁

1月30日 因“一二八”战事，寓所受战火威胁，避居内山书店。

2月3日 与茅盾、郁达夫、胡愈之等签署《上海文化界告世界书》，抗议日本侵略军暴行。

4月24日 编定杂文集《三闲集》并作序。该书本年9月由上海北新书局出版。

4月26日 编订杂文集《二心集》并作序。该书本年10月由上海合众书店出版。

10月12日 作旧体诗《自嘲》(“运交华盖何所

求”）。

11月11日　离沪北上探母。在北京大学、辅仁大学、北平大学、女子文理学院、北京师范大学、中国大学作演讲，是为著名的“北平五讲”。30日返沪。

12月16日　编定《两地书》并作序。该书次年4月由上海北新书局以“青光书局”的名义出版。

1933年(民国二十二年)　53岁

1月6日　出席中国民权保障同盟临时执行委员会会议，被选为执行委员。

1月30日　开始在《申报·自由谈》用化名发表杂文，至次年9月，共刊出杂文130余篇，使用化名40余个。

2月7、8日　作散文《为了忘却的纪念》。

4月11日　自拉摩斯公寓迁居施高塔路(今山阴路)大陆新村9号，直至逝世。

5月13日　与宋庆龄、杨杏佛等赴上海德国领事馆递交联名的《为德国法西斯压迫民权摧残文化的抗议书》。

6月20日　杨杏佛被暗杀后，赴万国殡仪馆送殓。不顾亦将遭遇不测之说，出门时不带钥匙，以示决绝。夜作旧体诗《悼杨铨》("岂有豪情似旧时")。

7月　瞿秋白编选并作序的《鲁迅杂感选集》由上海北新书局以"青光书局"的名义出版。

12月31日　编定杂文集《南腔北调集》并作《题记》。次年3月由上海联华书局以"同文书局"的名义出版。

1934年(民国二十三年)　54岁

3月10日　作《准风月谈》前记;10月27日作后记毕。本年12月由上海联华书局以"兴中书局"名义出版。

6月4日　作杂文《拿来主义》。

8月23日　因内山书店职员被国民党当局配合租界捕房逮捕,离寓避居千爱里(今山阴路二弄),9月18日始回家。

9月31日　作杂文《中国人失掉自信力了吗?》。

12月21日　作散文《阿金》。

1935年(民国二十四年)　55岁

2月15日　开始译果戈理的小说《死魂灵》第一部。10月6日译毕,先陆续刊登于《世界文库》,本年

11 月被列为“译文丛书”之一，由上海文化生活出版社出版。

4 月 25 日　在“左联”秘密出版的刊物《前哨》创刊号(“纪念战死者专号”)上发表《中国无产阶级革命文学和前驱的血》。同时又为美国《新群众》杂志作《黑暗中国的文艺界的现状》。

2 月 20 日　为自己编选的《中国新文学大系·小说二集》作序，3 月 2 日完成。本年 7 月由上海良友图书印刷公司出版。

4 月 29 日　为日本改造社作日文稿《在现代中国的孔夫子》。

5 月　杨霁云编、鲁迅校订并作序的《集外集》由上海群众图书公司出版。

11 月　“左联”驻共产国际代表萧三关于解散“左联”的“莫斯科来信”寄送到鲁迅那里，并有鲁迅转交给当时“左联”的党内领导人。

12 月 29 日　编杂文集《花边文学》并作序。次年 6 月由上海联华书局出版。

12 月　作历史小说《采薇》《出关》《起死》，同以前的作品五篇集为《故事新编》。本月 26 日编讫并作序，次年 1 月由上海文化生活出版社出版。

1936 年(民国二十五年)　56 岁

3 月 2 日　骤患气喘,体重下降至 37 公斤。

3 月下旬　为瞿秋白遗著《海上述林》上卷作序,4 月末又为《海上述林》下卷作序。

4 月下旬　冯雪峰作为中共中央特使由陕北到达上海,当晚借宿鲁迅家中。

5 月 15 日　又患气喘,16 日连续发烧并气喘,终至艰于起坐。至 7 月初方稍微痊愈。

6 月 9 日　冯雪峰以"鲁迅"的名义作《答托洛斯基派的信》。

6 月中旬　与巴金、胡风等联名发表《中国文艺工作者宣言》,与周扬等发起的"中国文艺家协会"相对垒。

8 月 3 日至 5 日　病中作《答徐懋庸并关于抗日统一战线问题》。

9 月 5 日　作散文《死》。

10 月初　与郭沫若、茅盾等联名发表《文艺界同人为团结御侮与言论自由宣言》。

10 月 8 日　抱病参观第二回全国木刻流动展览会,并与青年木刻工作者座谈。

10 月 17 日　作杂文《因太炎先生而想起的二三

事》,是为先生最后一篇文章。

10 月 19 日 病逝于大陆新村 9 号寓所。

图书在版编目(CIP)数据

阅读鲁迅 / 田刚著. -- 南京 : 南京大学出版社, 2011.7

(走近中学语文课本里的作家)

ISBN 978-7-305-08445-4

Ⅰ. ①阅… Ⅱ. ①田… Ⅲ. ①鲁迅研究 Ⅳ. ①I210

中国版本图书馆 CIP 数据核字(2011)第 102983 号

出版发行　南京大学出版社
社　　址　南京市汉口路 22 号　　邮　　编　210093
网　　址　http://www.NjupCo.com
出 版 人　左　健

丛 书 名　走近中学语文课本里的作家
书　　名　阅读鲁迅
著　　者　田　刚
责任编辑　卢湘怡　　编辑热线　025-83592409

照　　排　南京南琳图文制作有限公司
印　　刷　南京玉河印刷厂
开　　本　787×1092　1/32　印张 7.625　字数 118 千
版　　次　2011 年 7 月第 1 版　2011 年 7 月第 1 次印刷
ISBN　978-7-305-08445-4
定　　价　16.00 元

发行热线　025-83594756　83686452
电子邮箱　Press@NjupCo.com
Sales@NjupCo.com(市场部)